金毘羅参詣 続膝栗毛（複製）

柴田昭二
連 仲友

美巧社

目次

はじめに

『東海道中膝栗毛』あるいは「弥次さん、喜多さん」といっても、若い世代の人にはあまり知られることのない名前かも知れない。しかし昭和の、またそれ以前の空気を吸った人たちにとって『膝栗毛』、あるいは「弥次喜多」はとても身近な存在だった。活字で『膝栗毛』を読んだことがなくとも、江戸を立ち東海道を旅する二人の旅人が引き起こす数々の失敗談は記憶の中に残しているのが普通だった。

江戸時代の末期、たかだか二百年ほど前に『膝栗毛』は最初のベストセラーといえるほど庶民に親しまれ読まれたという。作者の十返舎一九（じっぺんしゃいっく）（明和二（一七六五）年から天保二（一八三一）年）は、文筆を業とする最初の職業作家だとする研究者もある。

『東海道中膝栗毛』のあまりの好評に版元（今でいう出版社）は、作者に続編の執筆を懇願する。ここから『続膝栗毛』が始まることとなる。江戸の戯作者（けさくしゃ）十返舎一九は、主人公、弥次郎兵衛と喜多八（北八とも）を大坂（おおざか）から讃岐国（現在の香川県）丸亀を経由し、金毘羅宮に向かわせる。続編『続膝栗毛』の始まりである。その後、二人の騒客が宮島（松島）詣でをした後帰途につき、中山道を東下して江戸に戻るまで二十年間二十編にわたり『続膝栗毛』は書き続けられることとなった。

そこで本書では、この『金毘羅参詣　続膝栗毛初編（上・下）』文化七（一八一〇）年刊を旅の杖として虚構の世界に遊びながら、一九描くところの江戸時代の金毘羅参詣の実態と、そこに登場する讃州者たちの生活や、話している「さぬきのことば」に注目してみたい。

本書は本編ともいえる『東海道中膝栗毛』に比べて世にほとんど知られることのない『金毘羅参詣　続膝栗毛』（上下二巻）の本文を影印し読者に供することを主な目的とする。

原典の翻字は『帝国文庫』を始め何度か試みられているが、それらを頼りにしなくても、江戸時代の文献に少しでも慣れれば、読み飛ばししながらでも読むことができよう。

本書を手にする方には、それぞれの読み方で『金毘羅参詣　続膝栗毛』の面白さを感じ取っていただければ編者の本望である。

令和三年四月三十日　　　　編者　記す

凡例

複製のテキストには、香川大学図書館本を用いる。必ずしも最良な和本とはいえないが、上巻、下巻ともに、江戸期の出版と見られる。両者は別々の版であるが、版元の記載はない。

上巻は、薄茶の表紙で、題簽は剥落している。縦一八・五センチメートル、横一二・六センチメートルの和綴じ本。

下巻は、やや濃い茶色の表紙で、題簽に「金毘羅参詣　続膝栗毛初編　下巻」とある。縦一八・五センチメートル、横一二・五センチメートルの和綴じ本。

現代語訳にかえて、本文の複製に注を記しておく。原本の姿を見ていただきながら、当時のもの・ことが理解できるよう最少限に記述した。

脚注には『物類称呼（ぶつるいしょうこ）』（安永四（一七七五）年刊）を多数引用した。これは江戸の俳諧師越谷吾山（こしがやござん）が刊行した、本邦最初の全国方言辞典といえる出版物であり、語の意味や使用地域の比較に興味深い記述が多いことから、意識的に取り上げた。

なお、原本には「毘」の表記を「昆」としているが、注文にはすべて「毘」の字を用いた。

解説

解説

現代語訳がなくとも、ほぼ読解していただけると思うが、念のため本書のあらすじをまとめておく。

一　旅立ち

『東海道中膝栗毛』の旅で、主人公弥次郎兵衛、北八は江戸を立ち、数々の滑稽な失敗を繰り返しながら、ようやく大坂は長町に至る。一つの旅が終了した。そこから二人は再び江戸に戻ろうと帰路の支度を始めるが、たまたま同宿した関東者の提案に乗り、西の方讃岐は金毘羅宮の参詣の旅に出立することとなる。

ところで、いうまでもなく当時の金毘羅参詣は、船路によるのが常だった。

金毘羅船々　追風に帆かけて　シュラ　シュシュシュ
廻れば四国は讃州那珂の郡　象頭山金毘羅大権現
もいちど廻って
金毘羅船々　追風に帆かけて　シュラ　シュシュシュ

—これは江戸時代の末から明治初年にかけて、讃岐を中心に全国で流行した俗謡だったが、実はもともと元禄の頃に、大坂で歌い出された歌だといわれている。上方の、あるいは上方より東の者にとっては大坂が金毘羅参りの起点だった。本文にも金毘羅船の出所が、道頓堀の他に大川筋、西横堀・長堀両川口など大坂のところどころにあったことが記され、あちこちの川岸に「讃州金毘羅船」と染め抜いた幟を掲げた船が見受けられた様子が描かれている。本書の旅も同様に、彼らも長町から程近い道頓堀で讃州船に乗り込み、金毘羅参詣の旅を始めることになる。

ところで、大坂より丸亀までの船旅が、雑費こみで一人一八匁とある。銀六〇匁で金一両とするとおおよそ二万円程になろうか。少し高すぎる気がしないでもない。しかし、尾張の商人菱屋平八が享和二（一八〇二）年の春遅く、名古屋より大坂を経て長崎の旅を志した旅の日記『筑紫紀行』（同年刊）によると、大坂より丸亀までの船賃が食事付きで一人銀二五匁とある。もっともこれは、隠居した商人の平八が同行の塩谷某と共に船を借り切っての旅のようであり、乗り合いの旅では、津村正恭の随筆『譚海』（寛政七（一七九五）年序）にある「大坂より四国金毘羅権現へ参詣船賃、風便遅速にかかわらず、一人には、五匁ずつ也」あたりが、いわばエコノミークラスの旅費だったかもしれない。

二　船路

旅はいよいよ瀬戸内海の航行となる。架蔵の栄寿堂版『金毘羅善通寺弥谷寺道案内図』によると、丸亀まで五〇里（約二〇〇キロメートル）の道のりとある。とはいえ、現代の船旅とは勝手が違う。追い風のある間はよいが、風が吹かなくては船は先へは進めない。

寅の刻（午前四時）ころ、沖に乗り出した船は、順調に日の出には兵庫の沖にさしかかる。大坂より一〇里。しかし、午の刻（正午）ばかりに急に風が変わり船乗りたちは帆綱を引き替え「真切走」ということをする。「真切走」とは、逆風に向かって船を進めるために、帆に斜めに風を受けジグザグのコースをとって進む帆走法をいう。この間に、同行の五太平が船酔いから死んでしまい、ようやく夜に着いた室の津で二人はその弔いに奔走することとなる。

旅の二日目になるだろうか、室の湊を出帆した船は島々を眺めながら丸亀の港にたどり着くまでが、『続膝栗毛初編』の上巻となる。

三　丸亀の宿

下巻は丸亀の町の描写から書き始められる。弥次郎兵衛、北八の二人が案内された宿は、船頭の家。ここで船頭の母親らしき者、女房さらに女どもがやりとりするが、土地の言葉が通じない、とんだすれ違いの弥次郎兵衛。一方で以前に懲りた五右衛門風呂で感心している北八。いずれも作者一九が土地の言葉や文物に解説を加えて、読者の関心を喚起する意図を感じる。これらはいわば旅行案内あるいはガイドブックのようなもので、一九が『膝栗毛』の中でしばしば試みている記述である。その土地に対するサービスでもあり、同時に都の読者に対しては観光案内として旅に出る気持ちを大いに煽ったものと思われる。

四　街道を行く

翌朝、船頭を案内に頼み、いよいよ参詣となる。丸亀から金毘羅までは陸路三里（約一二キロメートル）、いわゆる丸亀街道を行く。

丸亀から一里半、余木田（よぎた）の郷というところに至る。その先、松が鼻というところで、往来の人を見かけては厄払いといって獅子舞をして銭を乞う大道芸人に出会う。やがて旅籠や茶屋のおびただしい榎井村を通り過ぎると、江戸の者が建立したという唐銅の鳥居があり、それをくぐり五六町も歩くと金毘羅の町に入る、といった具合に話しは進む。

鞘橋を渡り、宮山に登る。仁王門から御本社に拝殿し風景を眺めるが、それにしても旅の直接の目的であったはずの金毘羅宮の参詣それ自体は実にあっさりと書かれ、逆に二人の引き起こす珍事に筆の大半が費やされている。

ところで金毘羅大芝居は、この頃すでに盛んに月興業されていたはずだが、一九はここで一言もそのことに触れていない。

五　多度津街道

念願の金毘羅参詣を終えた二人は、いつもの悪癖をしでかした翌日、多度津街道によって、善通寺、曼荼羅寺を順に参詣し、弥谷寺の麓に至る。ここまで金比羅より三里（約一二キロメートル）。にぎりめしを名物として売る茶屋でひと休みをして、多度津の城下に入る。

ここで急に北八の虫歯が痛み出し、歯医者ならぬ実は下駄の歯入れ、に隣の歯を抜かれて泣きっ面に蜂の北八。最後はいつもの狂歌でその場を締めくくり、丸亀の宿に戻ったところで「金比羅参詣」の旅は終わる。

本文（複製）

上巻　表紙

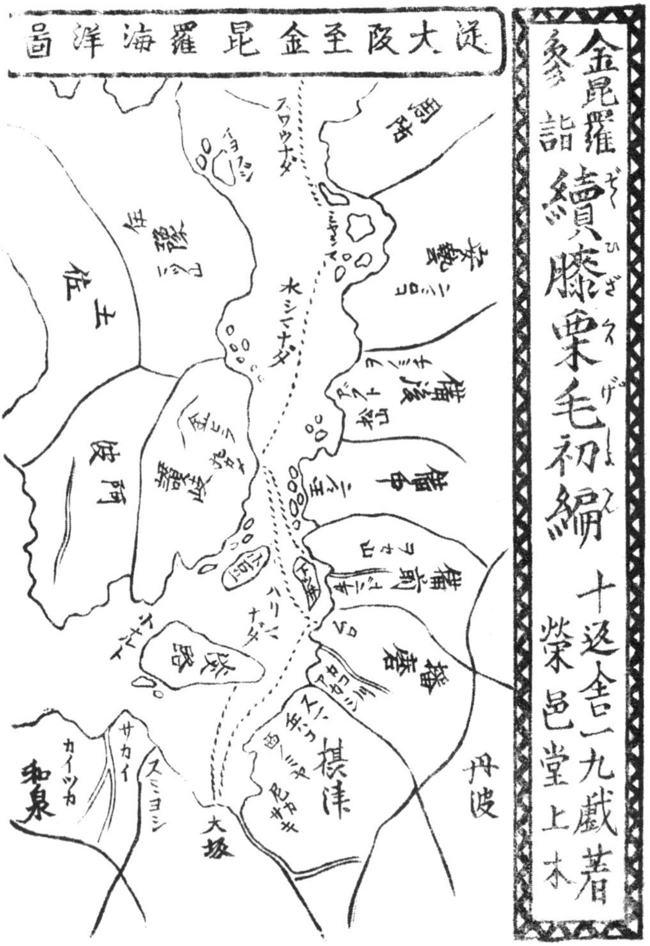
従大阪至金毘羅海洋図
金毘羅参詣続膝栗毛初編
十返舎一九戯著
栄邑堂上木
周防
安芸
備後
備中
備前
播磨
摂津
丹波
和泉
大坂
土佐
阿波
淡路
スワウナダ
ハリマナダ
サカイ
カイツカ
スミヨシ

従大阪至金毘羅海洋図

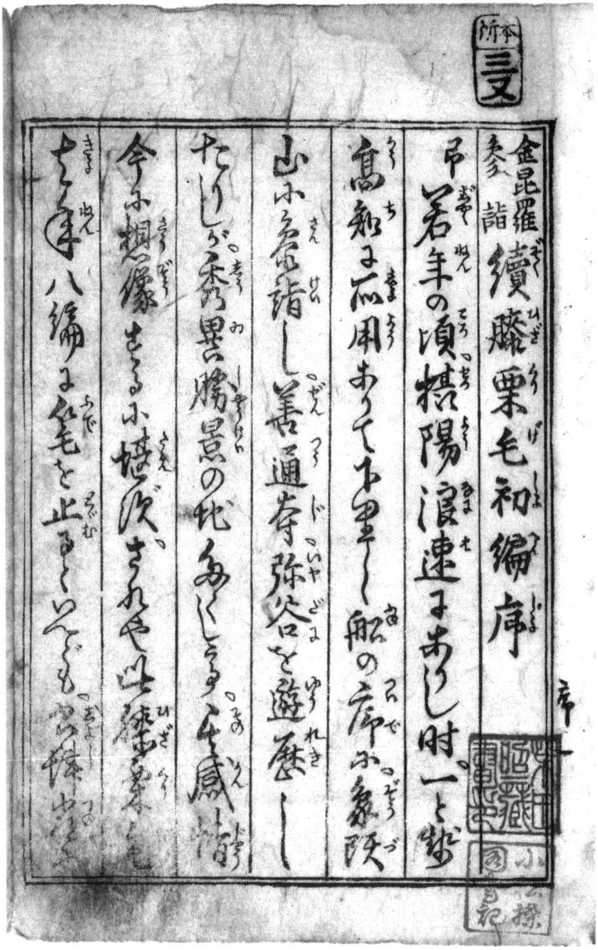

摂陽浪速　摂津国、現在の大阪府。

一とせ　ある年。

象頭山　金刀比羅宮の山号。

弥谷　弥谷寺。四国遍路七十一番札所。

書肆　出版元。栄邑堂の村田屋治郎兵衛。

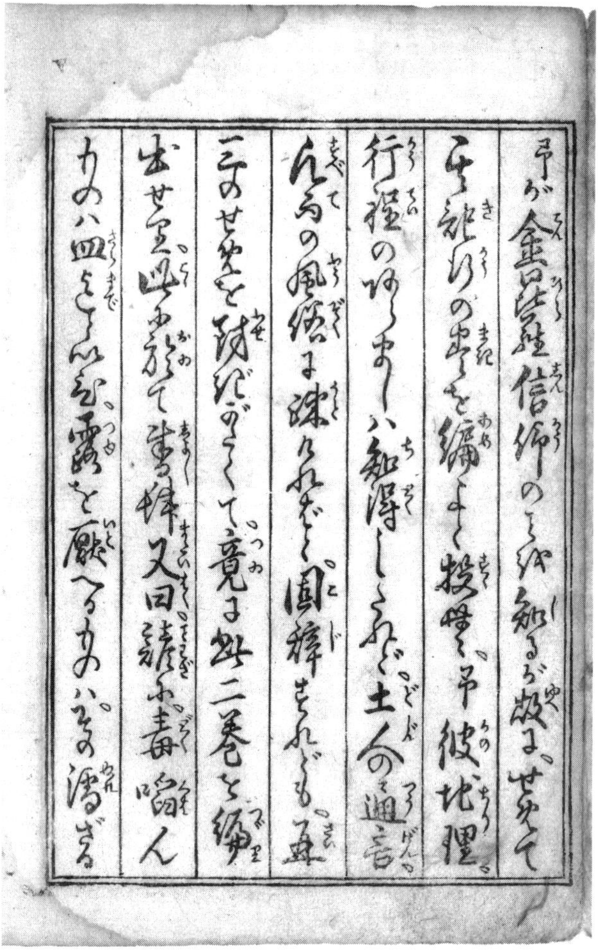

其　その。金毘羅参詣の。

土人　土地の人。

通言　話す言葉。

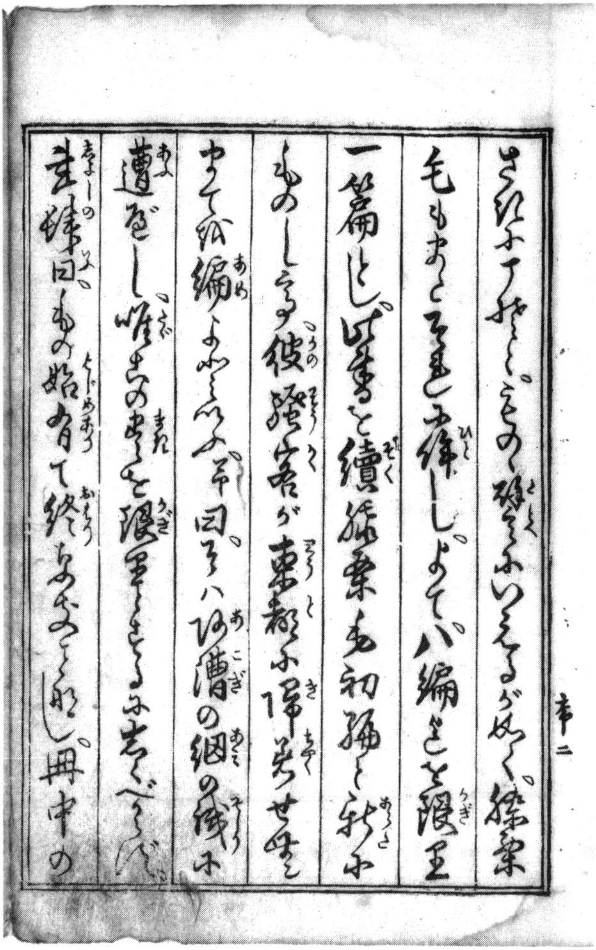

騒客　賑やかな人。ここでは弥次郎兵衛と喜多八の二人。

東都　江戸。

阿漕の網　押しつけがましい。

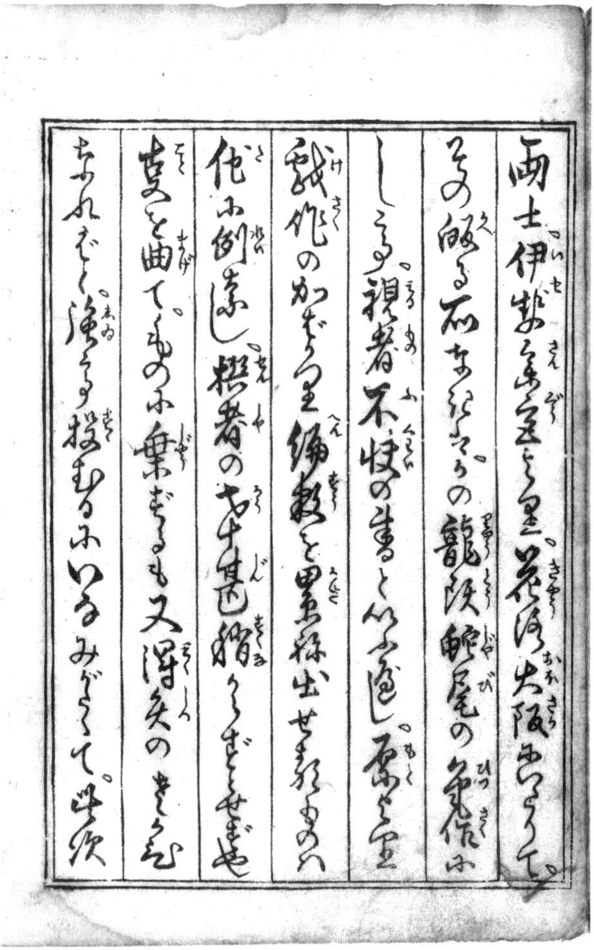

帰る所なき　帰路の紀行のないこと。

戯作　けさく。江戸の滑稽な文学。

幸甚　なによりのしあわせ。

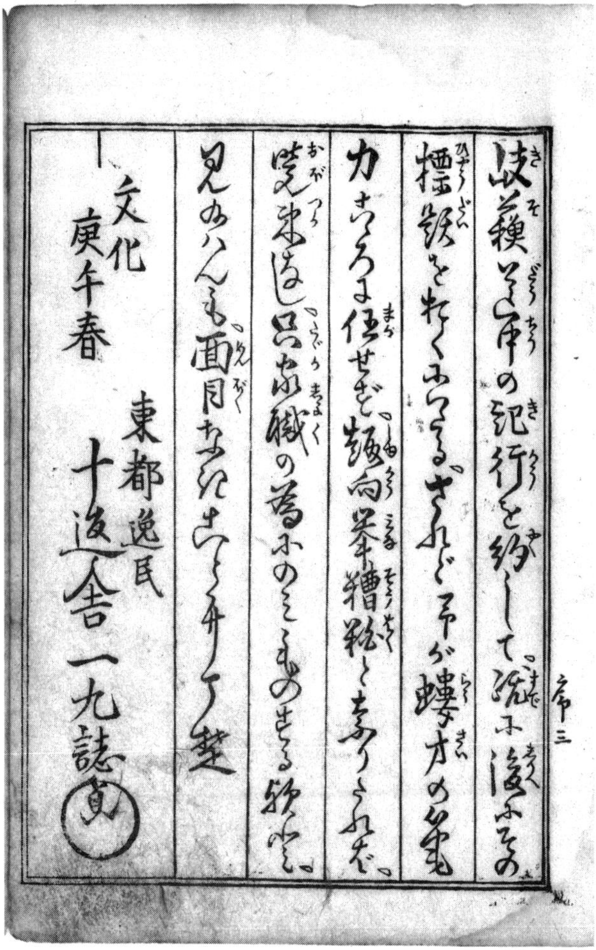
岐蘇道中の紀行を綴して流石後にその
標題をかくなせるされど予が螻才の筆
力おぼろに任せず趣向皆糟粕となりぬれど
覚束なし只家職の為にのこゝろもちせる所を
見給はんも面目なきさまを弁して題

文化庚午春　　東都逸民
十返舎一九誌

序三

螻才　螻咕（おけら）のような取るに足らない才能。
糟粕　かす。役に立たないもの。
家職　家業。なりわい。
見給はん　ご覧になる。敬語。
逸民　気ままな生活を楽しむ人。
文化庚午　文化七（一八一〇）年。

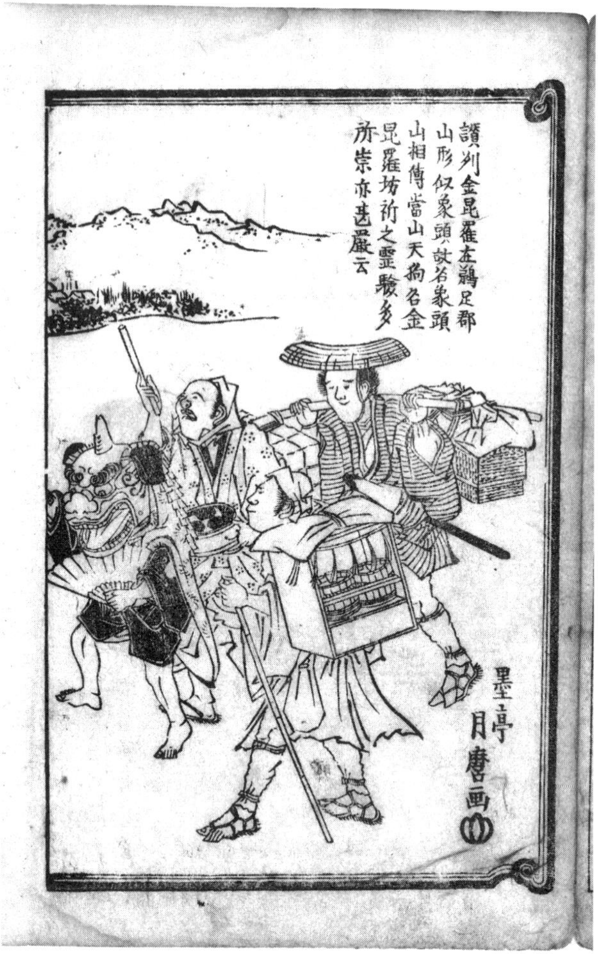
讃州金毘羅在鵜足郡
山形似象頭故名象頭
山相傳當山天狗名金
毘羅坊祈之靈驗多
所崇亦甚嚴云
墨亭月麿画

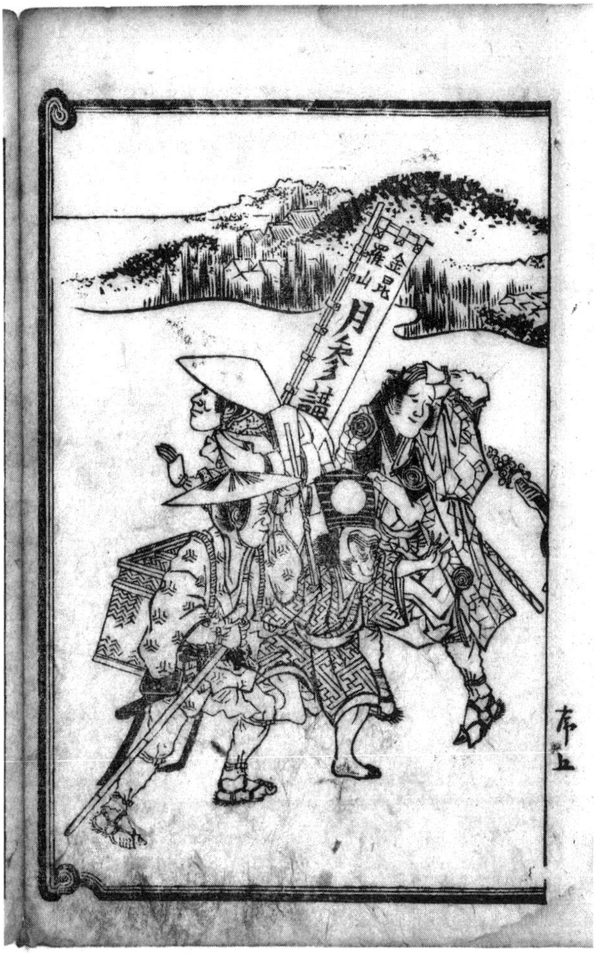
金毘羅山
月参講

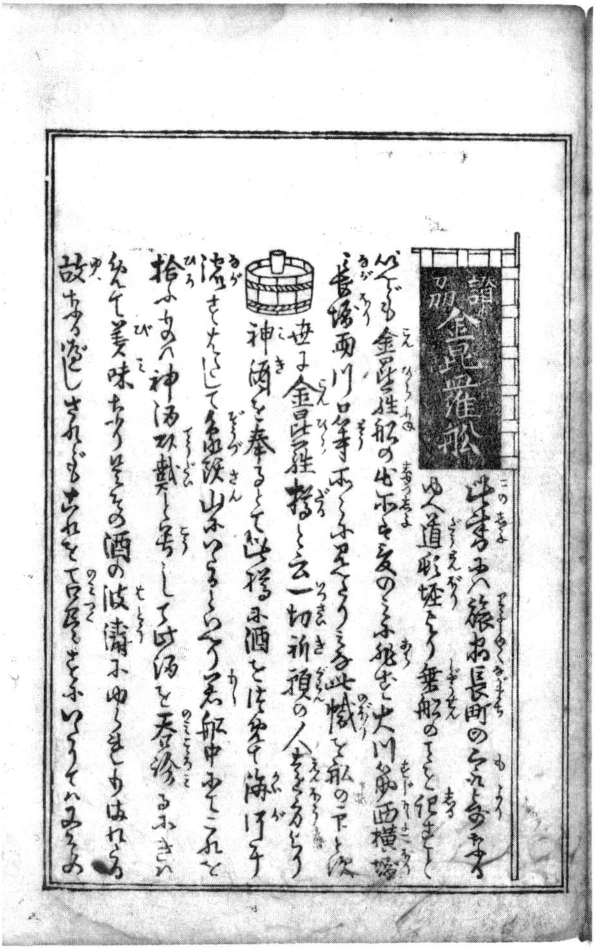

爰　ここ。大坂道頓堀。

印　旗印。

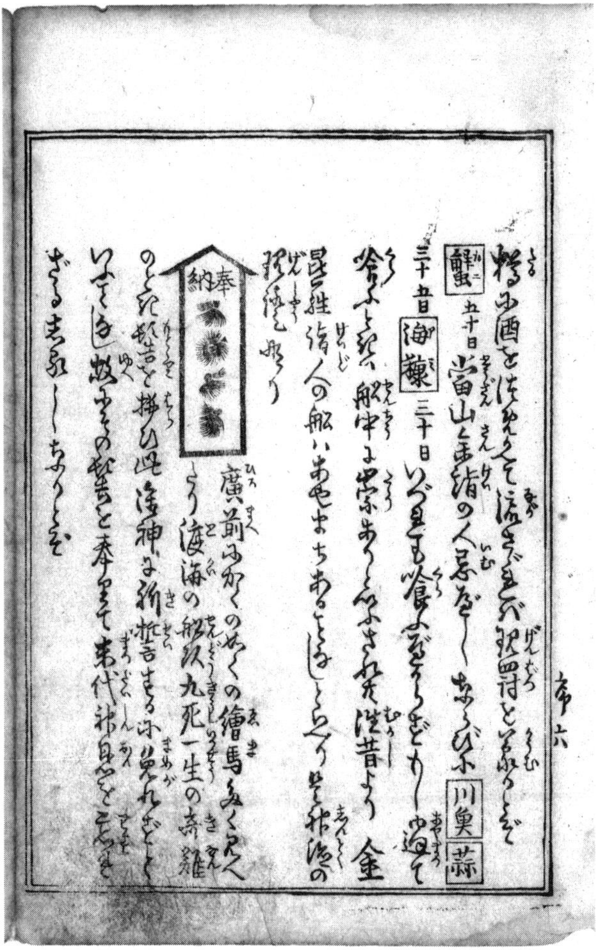

蒜 ひる。匂いの強い植物。
海鰊 エビに似た小動物。
広前 神殿の前の庭。

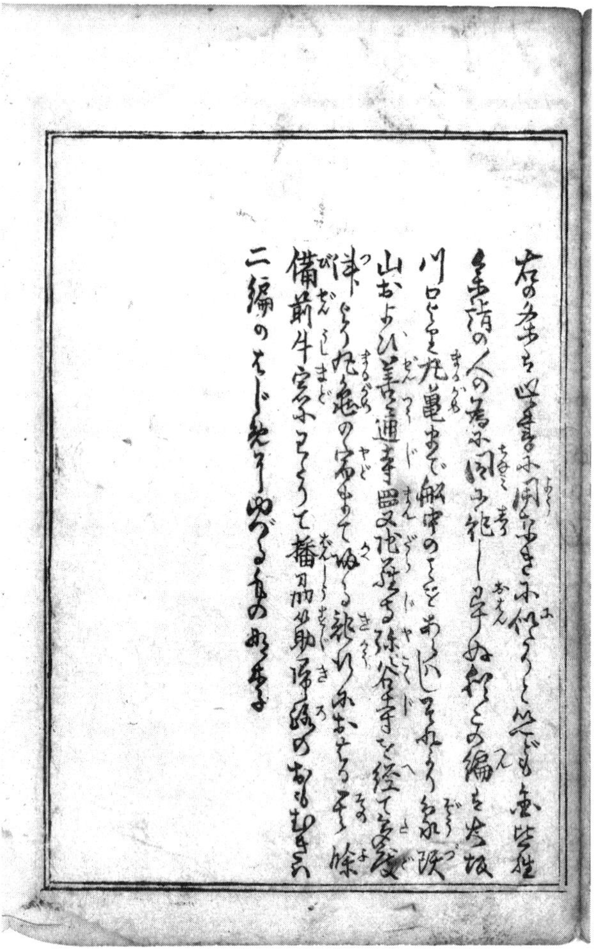
右の条ゝ此書に[illegible]といへども金毘羅
参詣の人の為に因に記しおきぬ猶この編を大坂
川口より丸亀まで船中のことをあらはしそれより象頭
山および善通寺[illegible]を経て多度
津より丸亀の宿にて[illegible]
備前牛窓にいたりて播州[illegible]
二編の[illegible]ゆづるものなり

猶　なお。ところで。

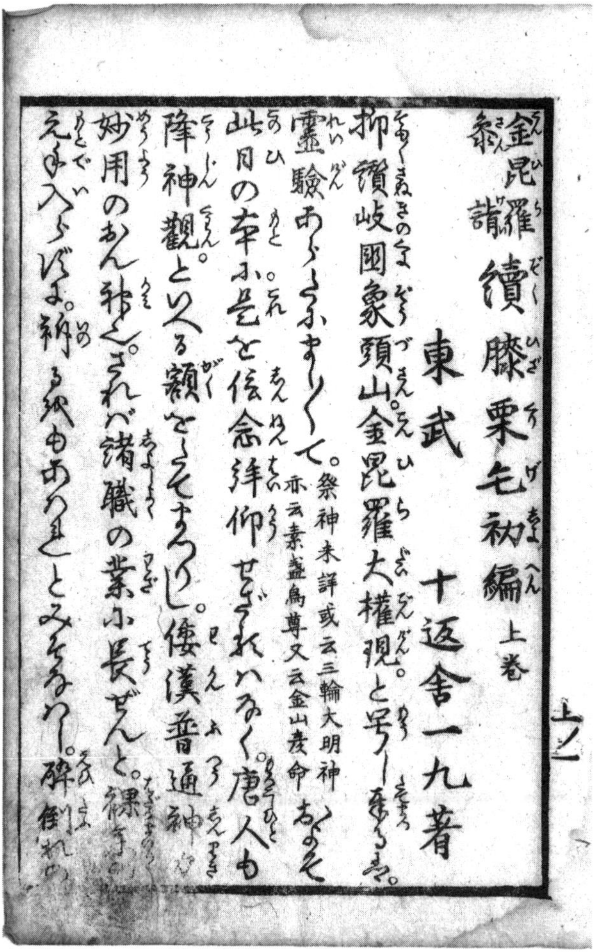
金毘羅参詣続膝栗毛初編 上巻

東武 十返舎一九著

抑讃岐国象頭山金毘羅大権現と号し奉るは。霊験あらたにまし／＼て。祭神未詳或云三輪大明神亦云素盞烏尊又云金山彦命 此日の本に足を信念奔仰せざれはなく。唐人も降神観といへる額をかけたてまつりし。倭漢普通神の妙用のおん利生。されバ諸職の業に長ぜんと。えよ入らばよ。祈るしるしもありとみゆるなり。

三輪大明神　奈良県桜井市三輪にある大神（おおみわ）神社。

素盞烏尊　記紀などに見える神。天照大神の弟。

金山彦命　金の神。鉱山の神。

降神観　観は中国で寺、特に道教の寺のこと。

大坂道頓堀丸亀舩出舩の図

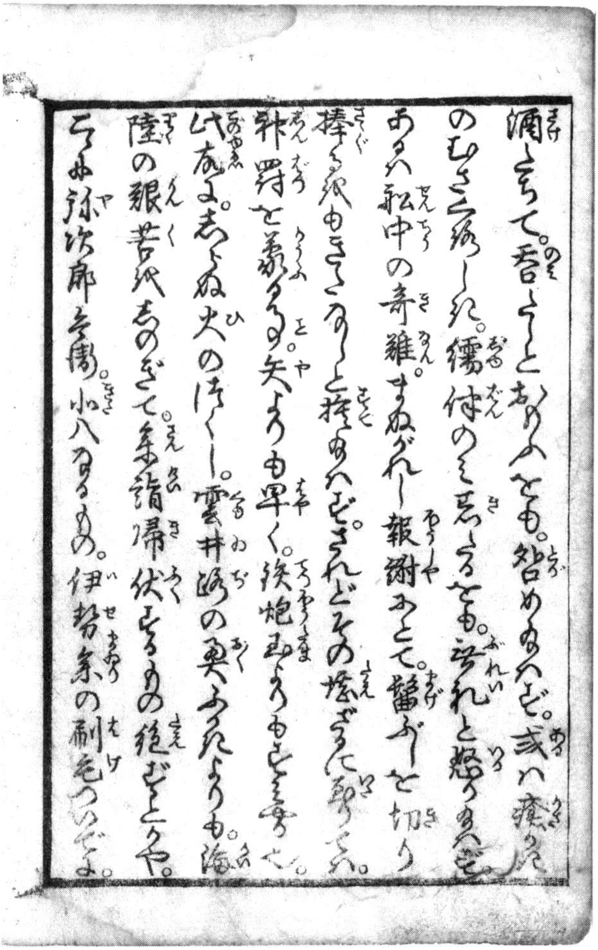

咎め給はず　お咎めにならず。尊敬語。

瘡かき　皮膚病に罹っている者。梅毒など。

髷ぶし　男の髷の元結で束ねた所。

しらぬ火の　「筑紫」に係る枕詞。

つくし　筑紫国。西国。

雲井路　遠い道のり。奥州を導く。

奥　奥州。北の端。

刷毛ついで　ことのついでに。

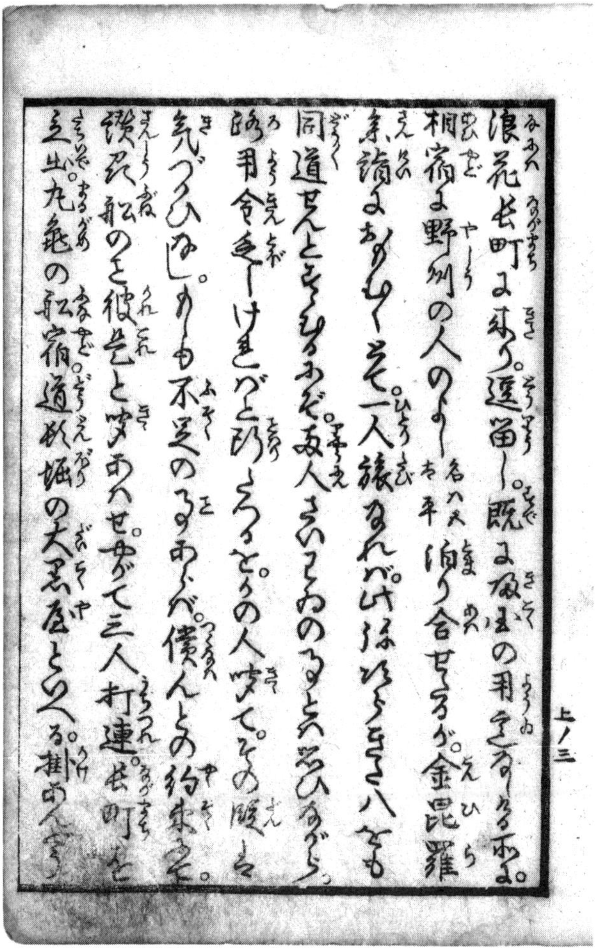
浪花長町に来り。逗留し。既に旅立の用意とゝのひけるに。
相宿に野州の人のよし喜平泊り合せけるが。金毘羅
参詣におもむくぞ。一人旅なれバ。此ほどきた八をも
同道せんとちぎりける。友人さいはひのことゝよろこびながら。
路用金を遣ひけるとて。ところの人聞て。その臆を
気づかひなし。いかにも不足のなきやうにあつかふべし。償んとの約束なして。
讃岐船のことも彼是と聞あはせ。やがて三人打連。長町を
立出。丸亀の船宿。道頓堀の大黒屋といへる。掛あんどう
上ノ三

野州　上野国と下野国の総称。現在の群馬県と栃木県。

路用金　路金。旅費。

掛あんどう　行灯。商家で看板として用いる。

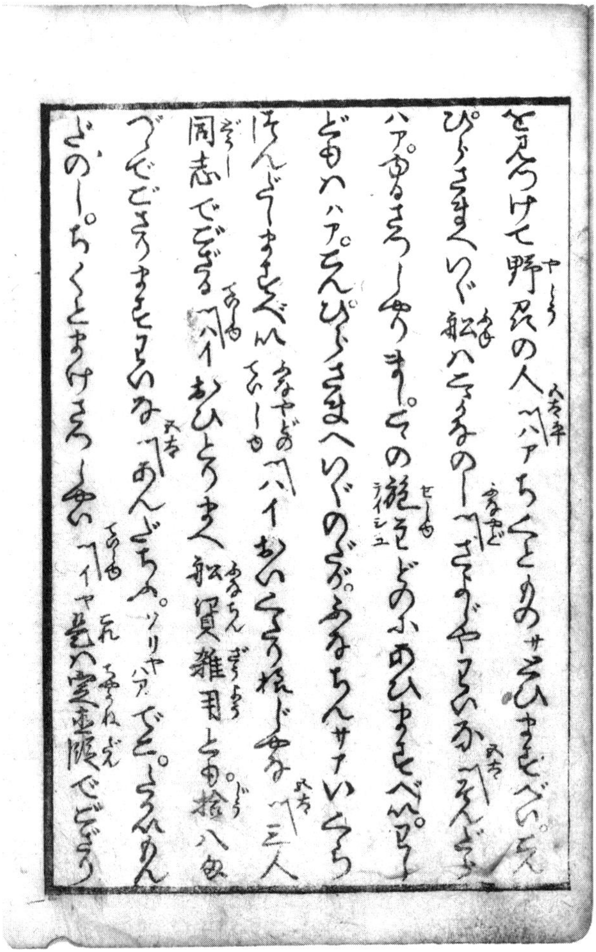

ちくと　ちょっと。

べい　【物類称呼】（以下【物】と略す）に、「助語（ことばのおはりにつくことなり）関東にて。ベイ。」とある。

のし　呼びかけ、共感を求める語。

いぐ　行く。

匁　銀の貨幣単位。一両の六十分の一。

あんだちふ　【物】なに事じゃといふ事を上総にて。あんだちふと云。

でこ　【物】大いなる事を安房、上総及遠江、信濃、越後にて。でことい ふ。

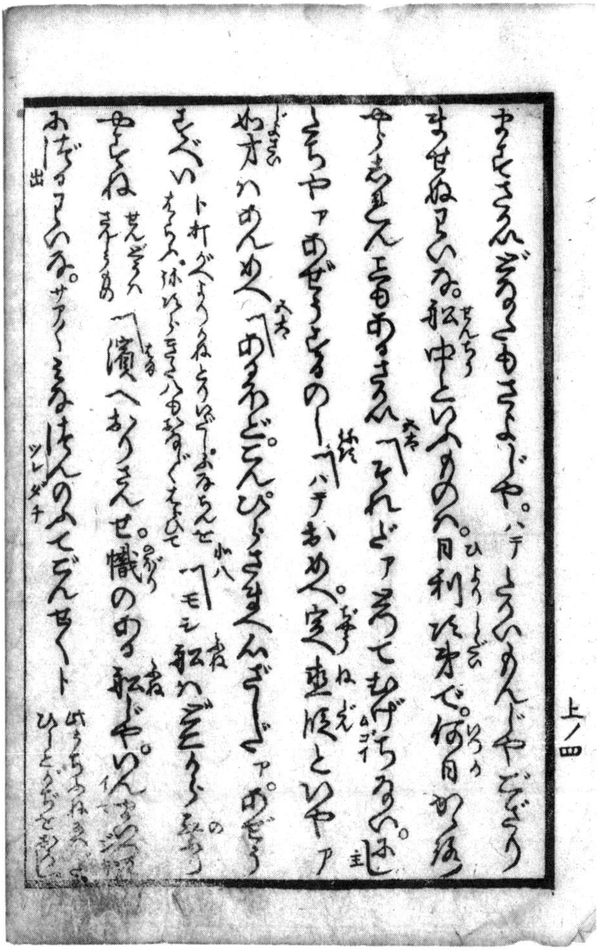

さかい　【物】畿内、近国の助語に。さかひと云詞有。関東にて。からといふ詞にあたる也。

むげちない　【物】情なきといふ詞のかはりに東国にて。むげちなきといひ。

にし　【物】他（ひと）をさしていふ詞に上総にて。にし、下総にて。いしと云。

打がへ　胴巻。金銭入れにする。

さんせ　しなさい。丁寧な言い方。

いつきに　【物】直にといふ事を、大坂及尾州辺又は土佐にて。いつきにといふ。

づる　【物】出るといふを出羽の秋田、或いは肥ノ長崎又四国にて。づると云。

ごんせ　ご覧なさい。

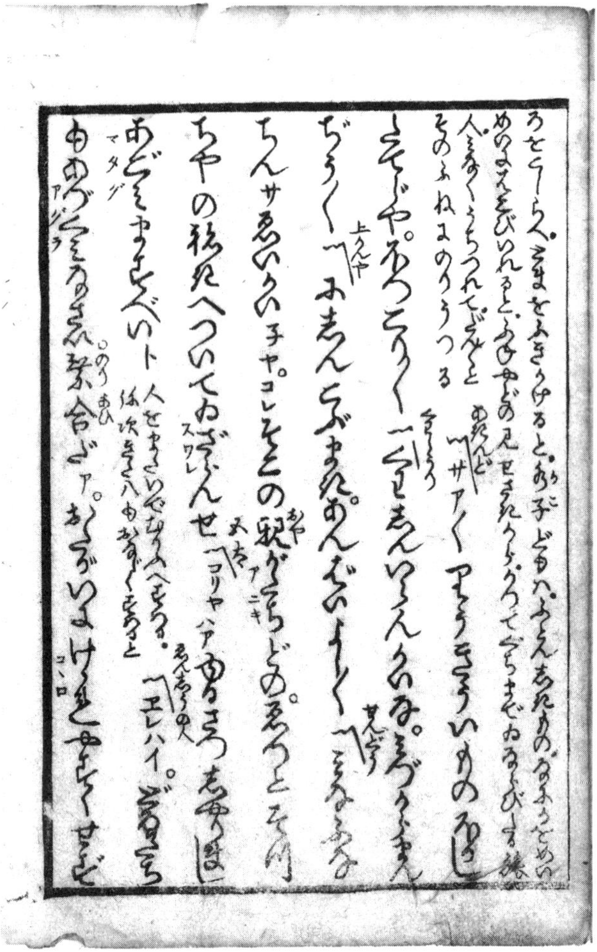

水手　かこ。船乗り。

りうきういも　【物】畿内にて。りうきういもと云。東国にて。さつまいもといふ。

ほかしたて　ふかしたて。

くわしん　「菓子」の訛り。

みづから　昆布菓子の一種。

上かんや　田楽などをさかなにして酒を飲ませる行商人。

あんばいよし　田楽。また燗酒、田楽などを売り歩く呼び声。

ネヤ　【物】助語（ことばのをはりにつくことなり）土佐にて。「ナァ」「ノヲ」「ネヤ」。

ねき　【物】際（そばと云に同し心か）畿内また尾張辺、播州辺にても。ねきといふ。

ゑんしう　遠江国。今の静岡県。

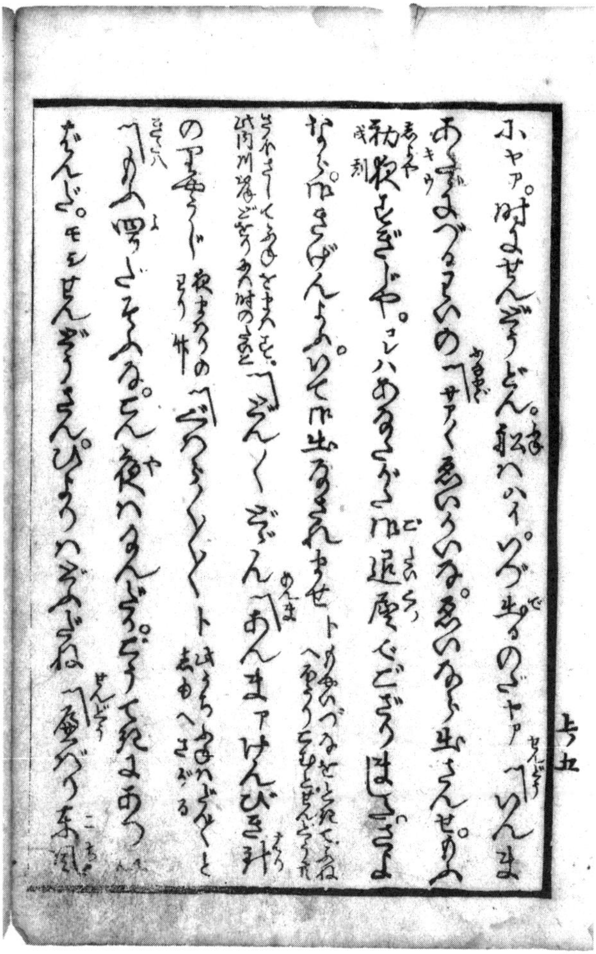

あただ 【物】急にといふ事を、予州にて。あたゞと云。
初夜 戌の刻。午後八時ころ。
もやいづな 舟を岸につなぐ綱。
けんびき けんぺき。痃癖。肩こりの治療。
四ツ 四時の略。午後十時ころ。
ごうてきに 強敵。はなはだ。
へばり東風 【物】畿内及中国の船人のことばに三月の風を。へばりごちと云。

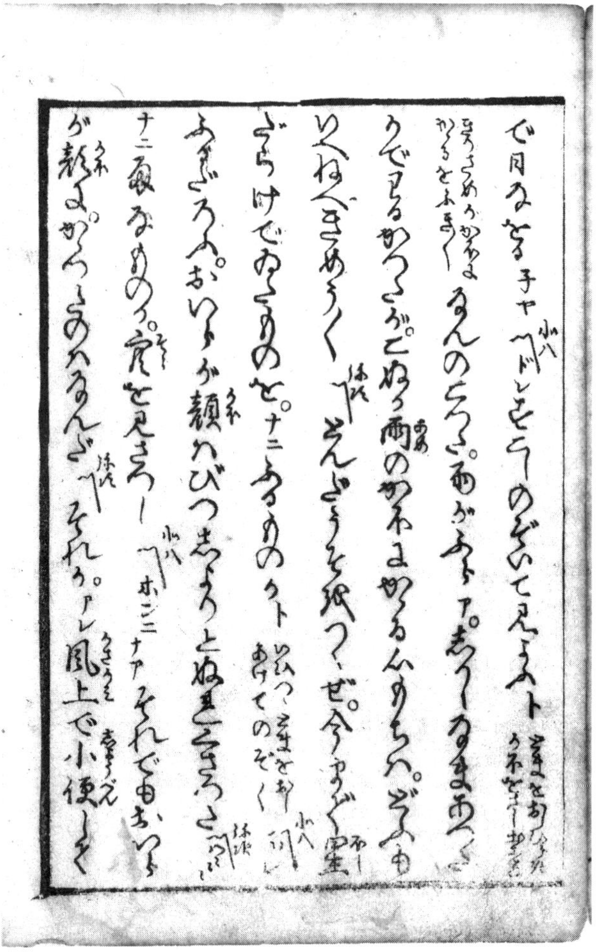

日なをる【物】雨ふらんとして日和になりたるを、畿内、近国にても。日なをるといふ。

くさる「する」の卑語。

さつし しなさい。丁寧な命令。

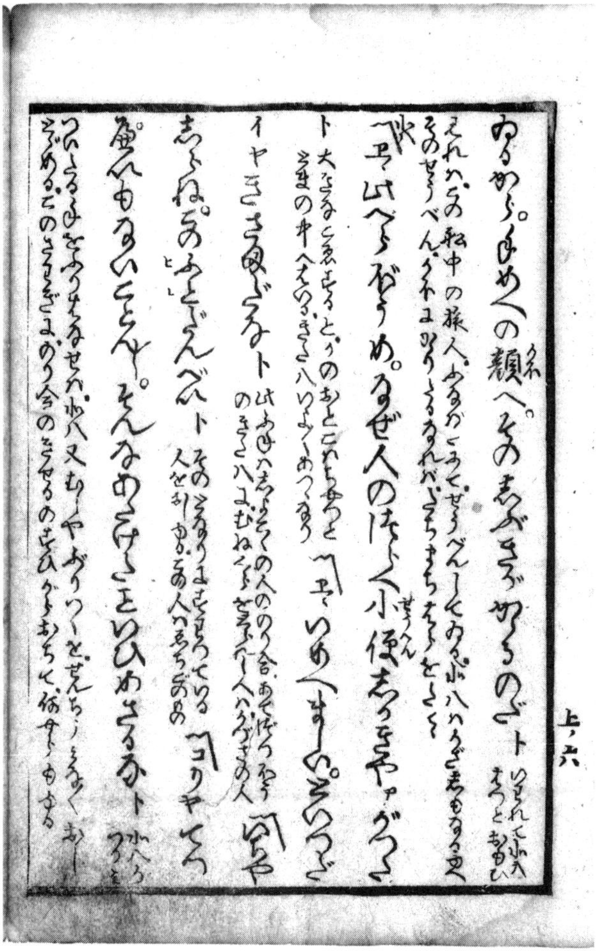

べらぼう　あほう。ばか。
かづさ　上総国。今の千葉県。
いちや　【物】しらぬといふ事を上総にて。いちやしらねと云。
ゑちご　越後国。今の新潟県。
てつぺい　頭から押しつける。
むし　【物】助語（ことばのをはりにつくことなり）上下野州にて「ムシ」。
あたけた　【物】ざれたはふるゝ事を陸奥にて。あだけるといふ。

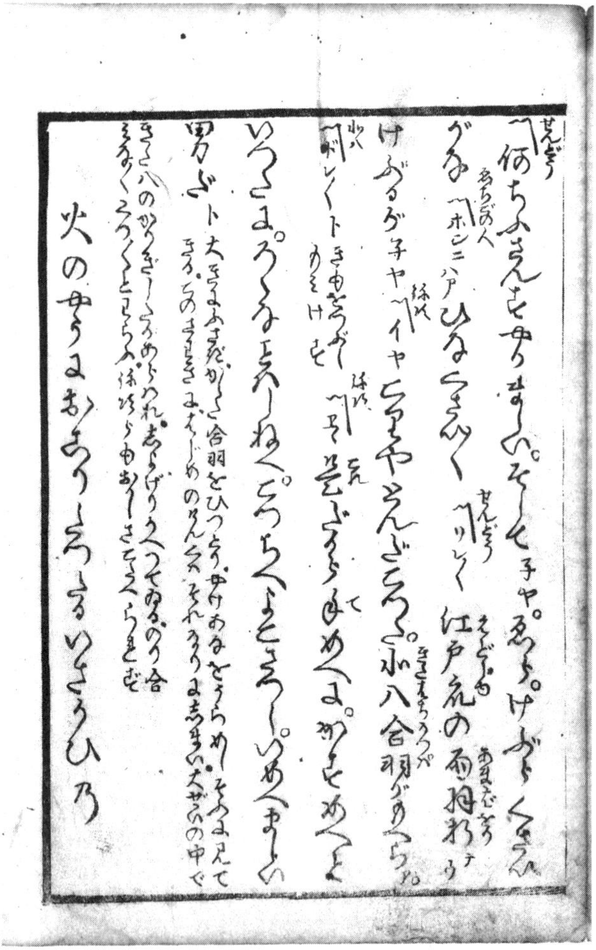

何ちふ　【物】なに事じやといふ事を長門又は土州の山家にて。何ちふと云。

ゑら　はなはだしいこと。

けぶらくさい　【物】焦臭を土佐にて。けふらぐさいと云。

ひなくさひ　【物】焦臭を奥州にて。ひなくさひと云。

雨羽折　【物】あまぎぬ　中国、四国ともにあまばをりといふ。

きもをつぶす　【物】物に驚くことを出雲にて。をびへると云。又、肝をつぶすと云。

ふさぐ　気を悪くする。腹が立つ。

かりぎ　他人の衣服を借りる。

しよげる　元気を失う。しおれる。

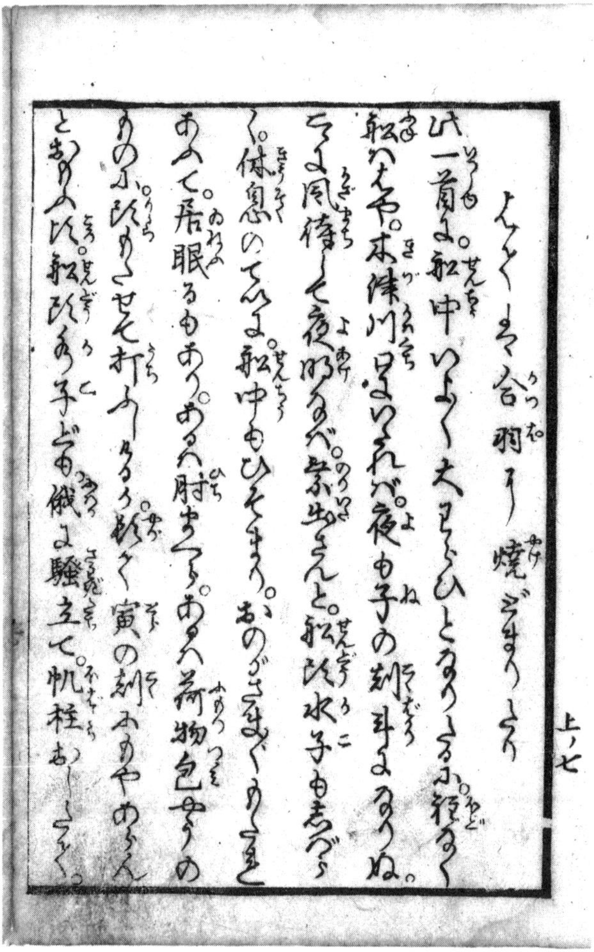
なんぞまで合羽も焼ざまなり
此一首に。船中いよく大きにわらひとなりけるに。程なく
船は大坂。木津川口につきければ。夜も子の刻頃になりぬ。
ここに風待して夜明かすべき工夫ありと。船は水子もまづ
く。休息のていに。船中もひそまりて。おのがさまざまにして
あるひて眠るもあり。あるは肘まくらにて。あるは荷物包をまくらの
あのうへにねころびて打ちやすむもあり。寅の刻ころのやうやく
ときの比。船は水子ども纜に騒立て。帆柱おしたてて
上ノ七

子の刻　深夜十二時ころ。
水子　かこ。船乗り。
寅の刻　午前四時ころ。
帆柱　船の帆をあげるための柱。

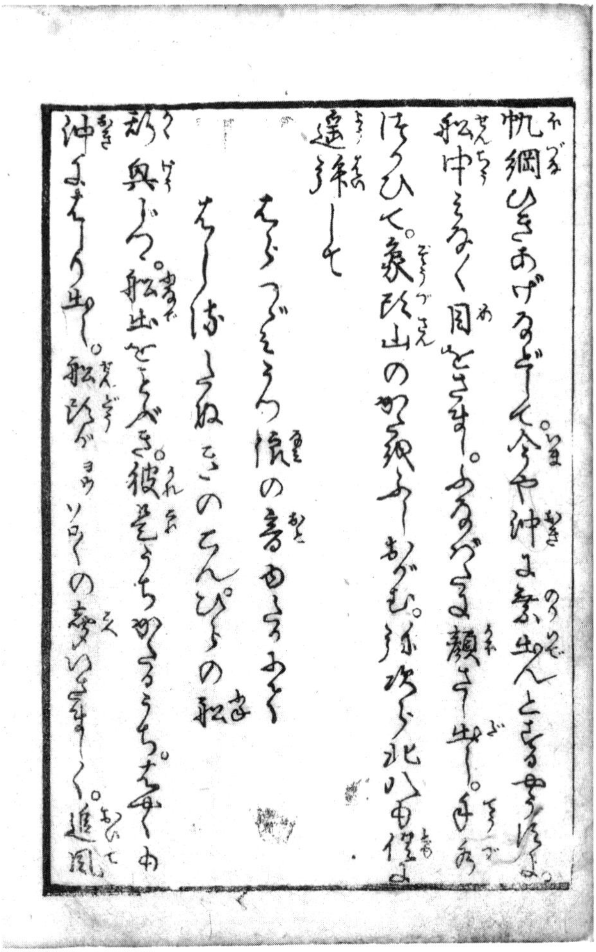

帆綱　帆を上下させたり、帆柱につなぎ止めたりするための縄。

ふしおがむ　ひれ伏して拝む。

遙拝　遠くからはるかに神仏を拝むこと。

はらつゞみ　満腹した腹を鼓のように打つこと。

たぬき　狸に讃岐を掛ける。

ヨウソロ　船の操舵号令。まっすぐに進め。

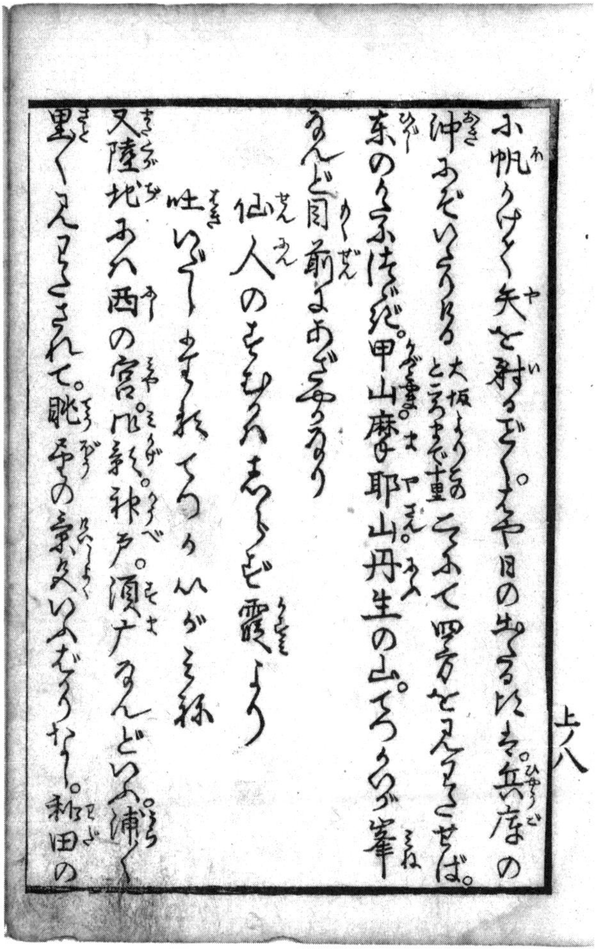
上ノ八
小帆かけ矢を射るごとく。やや日の出るにも。兵庫の
沖などいとはるかなる 大坂より十里ところまで 見えて四方を見わたせば。
東のかたは淡路。甲山摩耶山丹生の山。てつかいが峯
なんど国前よりおごそかなり
仙人のすむところときく霞より
吐いだしたる雲かとうかれて
又陸地なれば西の宮。尼が崎。神戸。須磨なんど浦〱
里〱みえわたされて。眺望の景色いふばかりなし。和田の

兵庫　兵庫県神戸市兵庫区。奈良時代より良港として栄えた。
十里　約四十キロメートル。
てつかいが峯　鉄拐山の別称。中国の仙人の名に因んだ名。

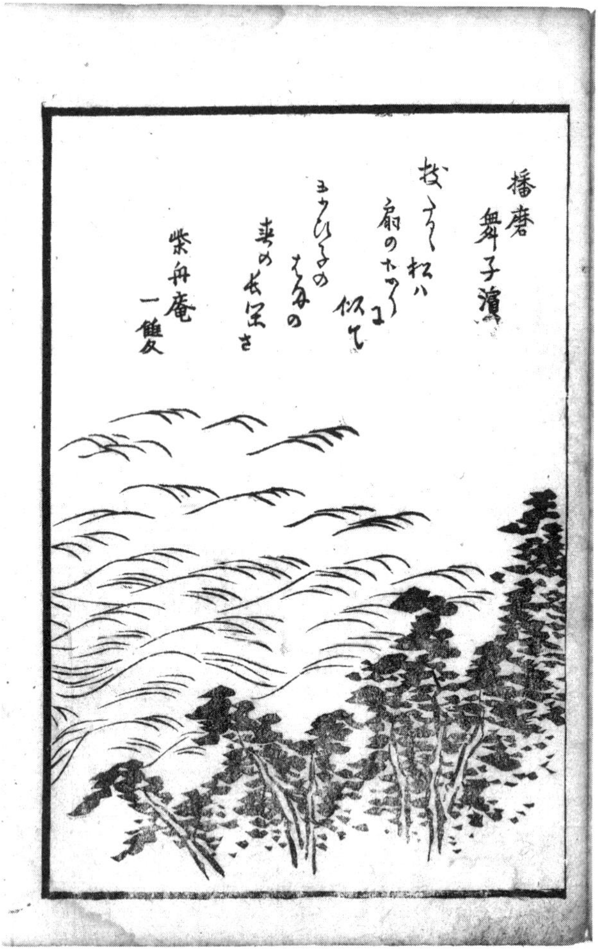

播磨
舞子浜
枝たるゝ松は
扇のなりに
似て
まひ子の
はまの
春の長閑さ
柴舟庵
一雙

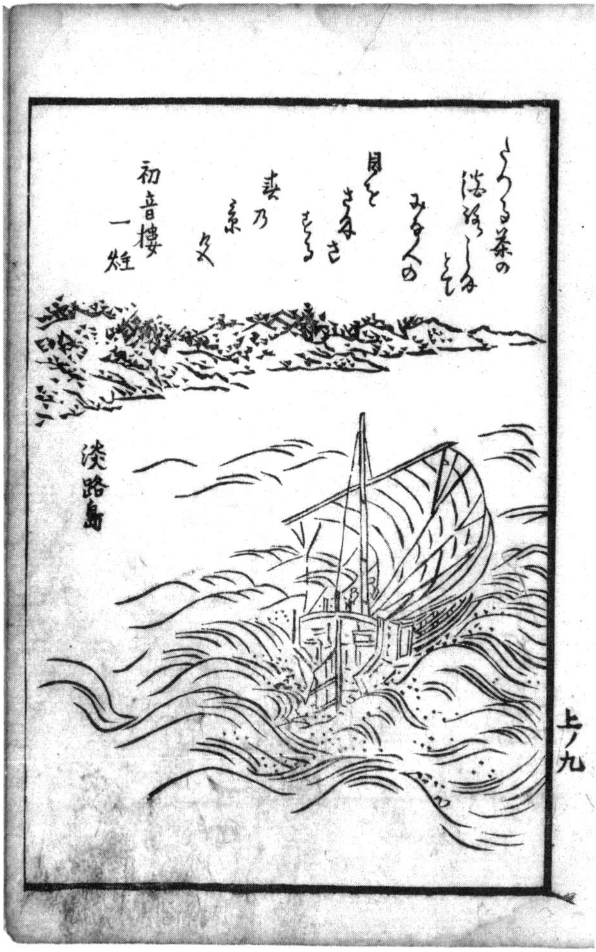

たつる茶の
淡路しま
とて
みる人の
目を
さまさ
する
春の景色
初音樓
一炷

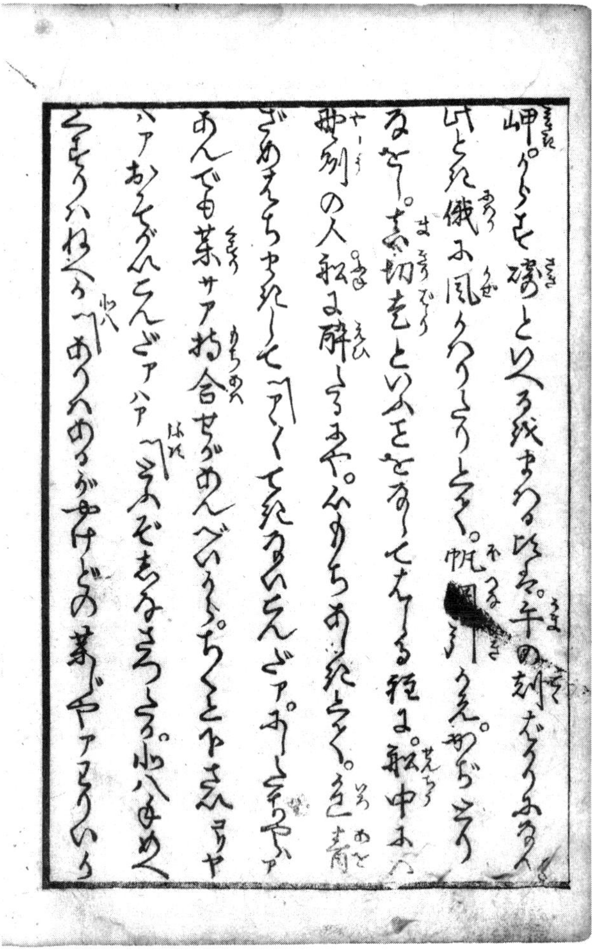

午の刻　正午ころ。

真切走　帆船が風を斜めに受けて進む。

てきない　【物】労して苦しむことを。せつないといひ、又じゅつないということを加賀にて。てきないと云。

にしたち　【物】他をさしていう詞に上総にて。にし、下総にて。いしと云。

ちくと　少し。

おそがい　【物】おそろし　こはし　飛騨及尾州、近国又は上総にて。をそがいと云。

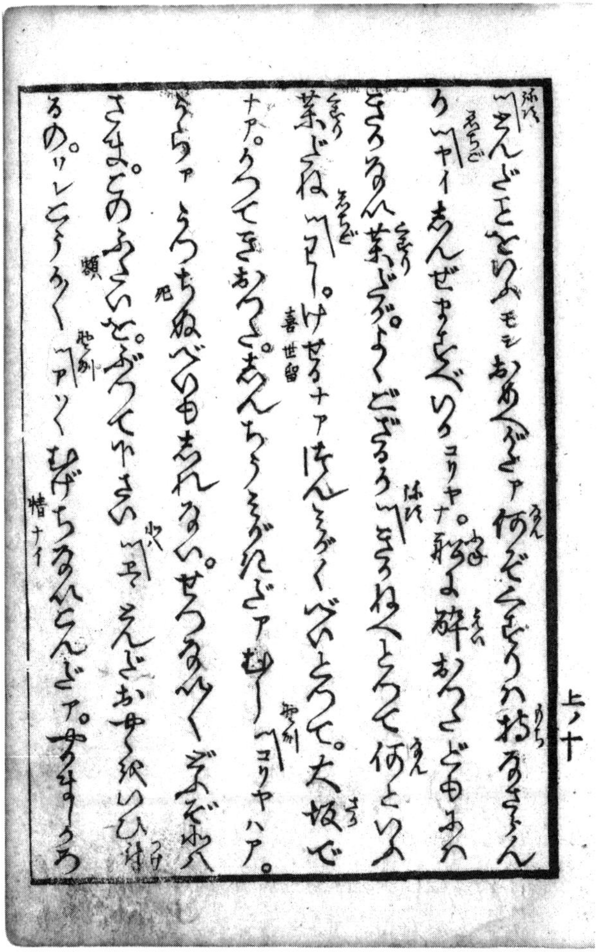

ヤイ【物】他の呼に答る語、越後にて。やいと云。

けせる　きせる。煙管。

むし【物】助語（ことばのをはりにつくことなり）上下野州にて「ムシ」。

うら【物】自をさしていう詞に中国にて。うらと云。

うつちぬ　死ぬ。卑語。

ふたい　額。ひたい。

むげちない【物】情なきといふ詞のかはりに、東国にて。むげちなきといひ又きせちないと云。

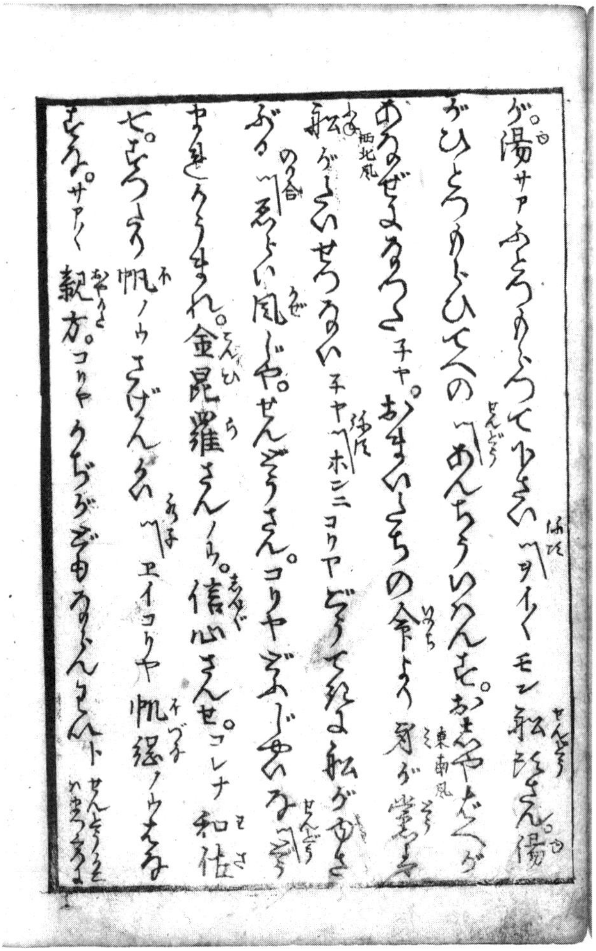

ふとつ　【物】尾州知多郡にては「ひとつ、ふたつ」と云を「ふとつ」「ひたつ」とかぞへて「ひ」と「ふ」との相違あり。

おしやばえ　【物】西国にても、南風を。はへと云。東南の風を。をしやばへと云。

あなぜ　【物】畿内及中国の船人のことばに、西北の風を。あなぜと称す。

みが黨　【物】自をさしていふ詞に豊前、豊後にて。わがとうと云。又身が等といふもおなじ。

どうまれかうまれ　【物】いかやうにもといふを伊予にて。どうばりと云。土佐にては。どうまれかうまれなといふ。

すつたり　すっかり。

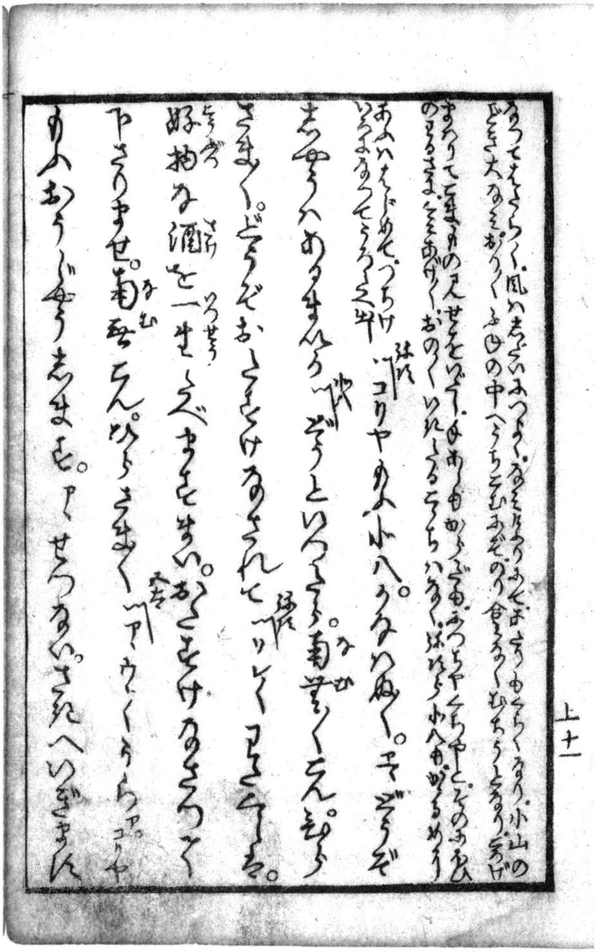

むちう　自覚を失うこと。

こまもの見せ　生酔いがへどを吐き散らすこと。またそのへど。

どうぞ　どうか。どうにか。

たべる　飲食ともにいう。

おうじやう　往生。観念する。

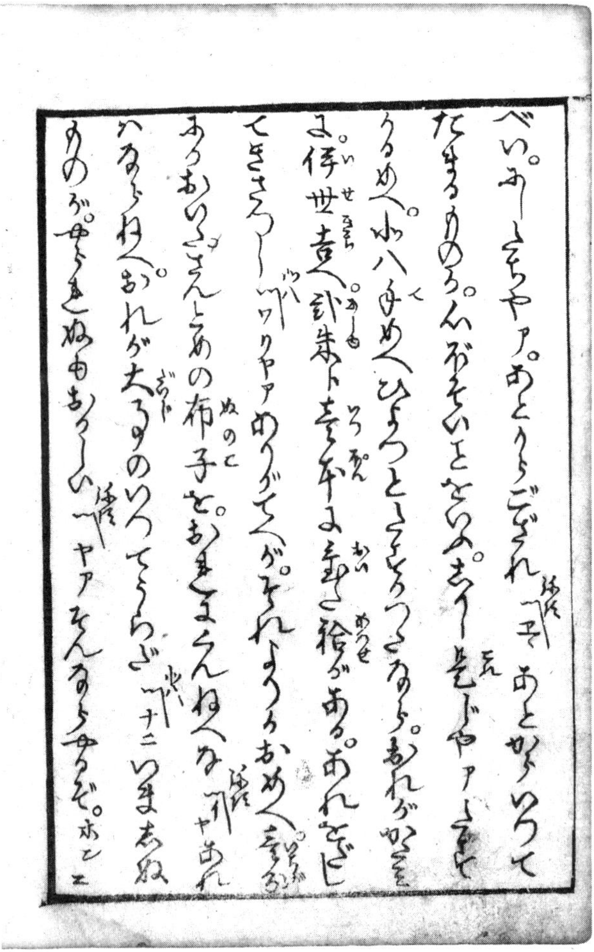

伊世吉　江戸の質屋の屋号か。

朱　江戸時代の貨幣の単位。一両の十六分の一。

一本　銭百枚を紐で束ねたもの。

袷　裏地を付けた着物。

さんとめ　桟留縞の略。綿織物。

布子　木綿の綿入れ。

いつてうら　一張羅。かけがえのない衣服。

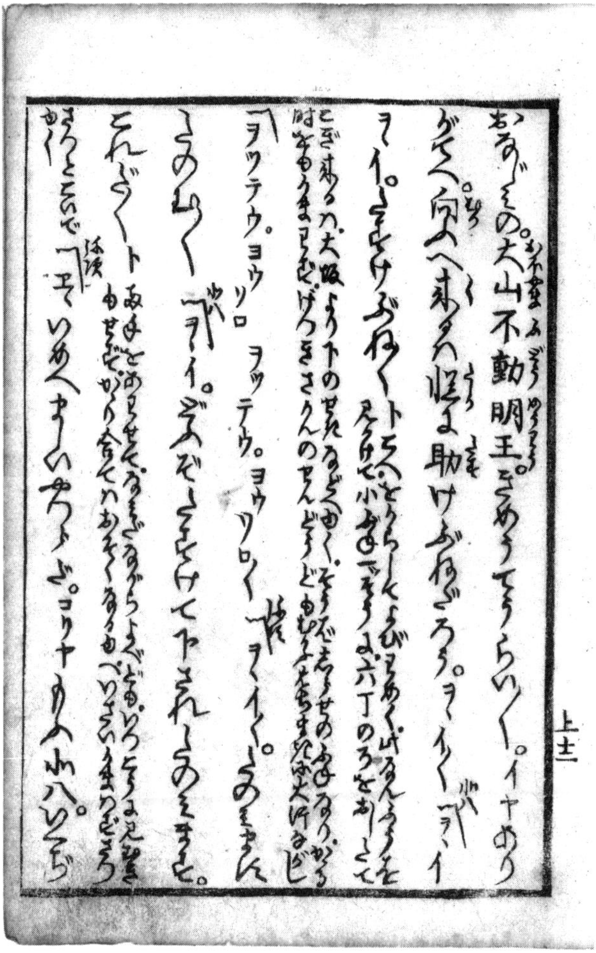

大山　神奈川県の大山寺。

きめうてうらい　帰命頂礼。仏を礼拝するときに唱える語。

なんふう　難風。ここでは難儀。

そうばしらせ　市場取引の価格を伝えること。

むかふはちまき　前頭部に結び目をつくる鉢巻の締め方。

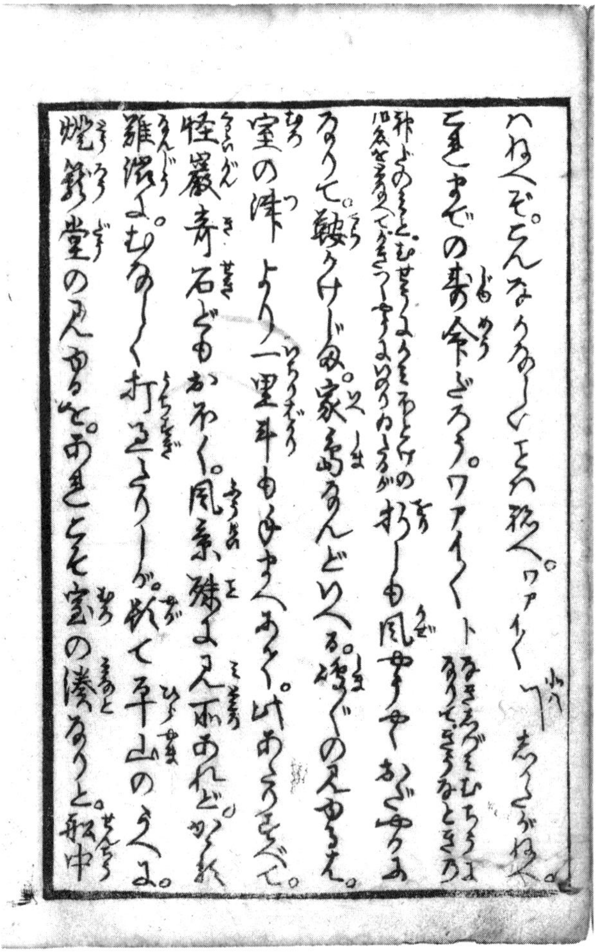

むちう　夢中になる。我を忘れる。

むせう　むやみやたらに。

かきつく　すがりつく。

室　室津。現在の兵庫県たつの市。寄港地として栄えた。

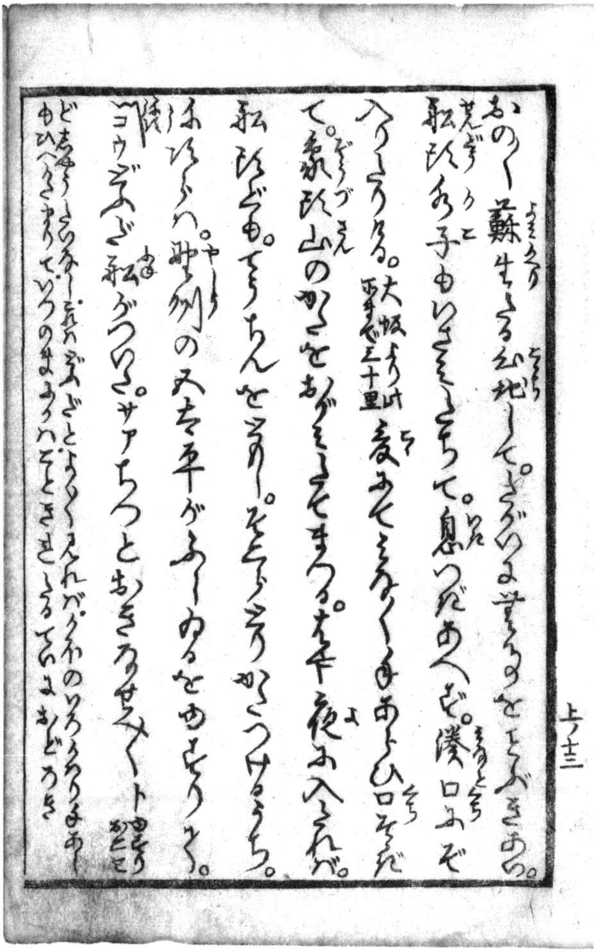

息つぎあふ　息づく。あえぐ。
三十里　約百二十キロメートル。
コウ　身分の低いものが他人に呼びかけるのに使う語。おい。
おどろき　はっとして気づく。

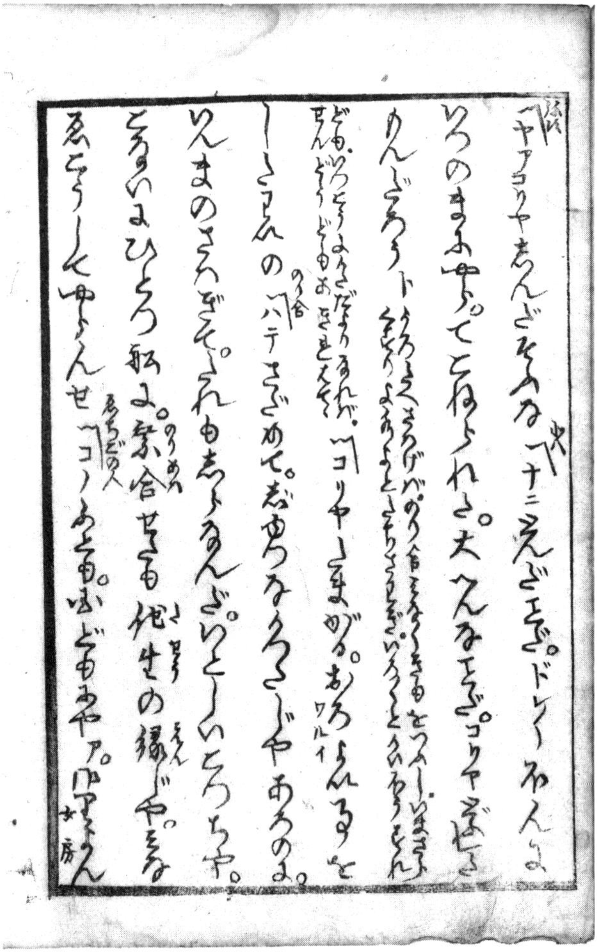

そふな　らしい。ようだ。

てこねる　「死ぬ」の卑語。ごねる。

かただより　片便り。返事がない。

たまがる　【物】物に驚くことを薩摩にては。たまがると云。

おろよい　【物】わるいといふ事を、備前及筑紫にて。おろよいと云。

さだめて　きっと。推量する意。

じゅつない　【物】労して苦しむことを「せつない」といひ、又。じゅつないといふ。

いとしい　かわいそうだ。哀れだ。

御りよん　【物】妻　つま　播磨辺又越後わたりにて。ごりよんと云。

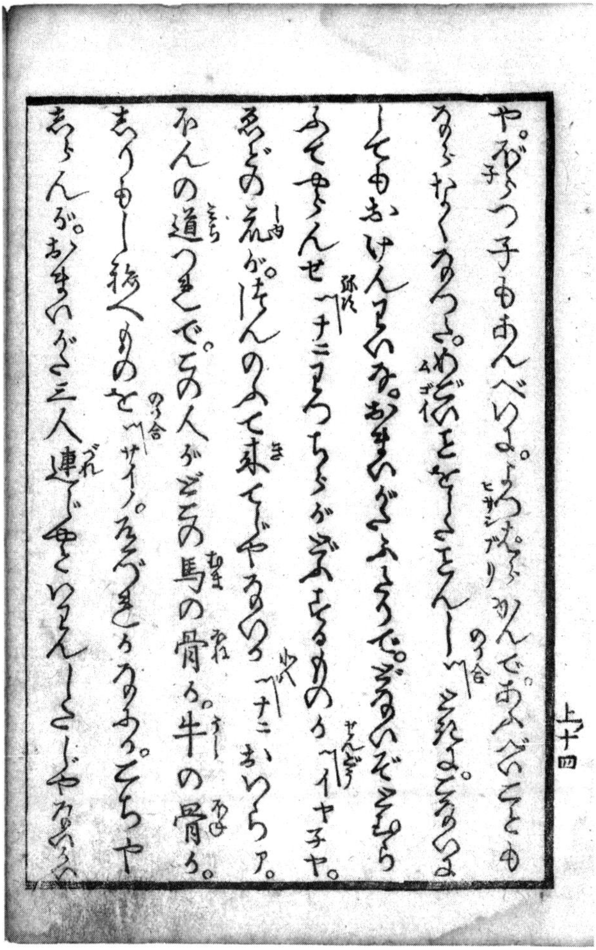

ぼらつ子【物】小兒　をちご
越後にて。ぼゞつこといふ。
よつぱらかん【物】久しきとい
ふ事を、出羽にて。よつぱるか
といふ。
つんのふて【物】他と連立行を
播摩にて。つんのふて行と云。
サイノ「さいな」に同じ。そう
か。

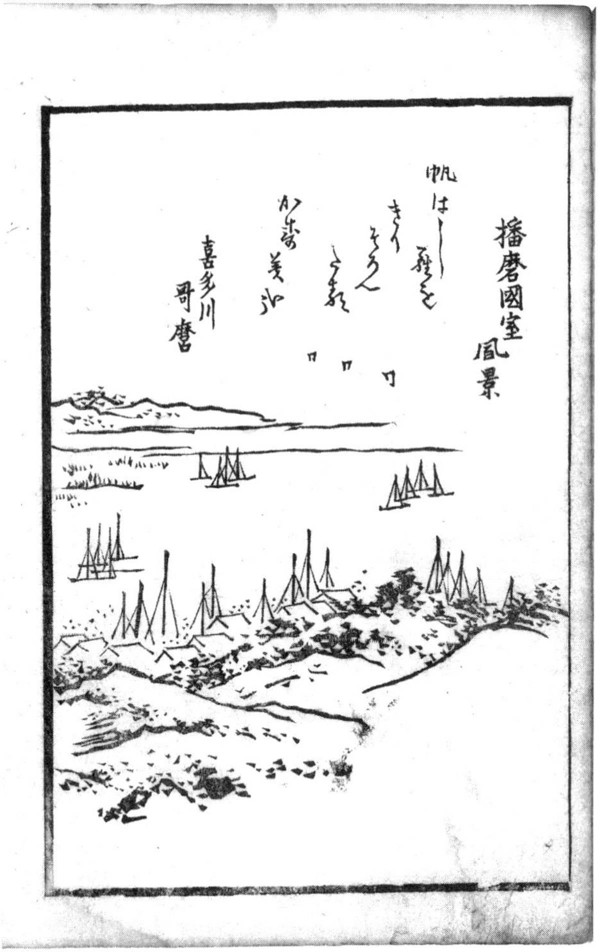

播磨国室
風景
帆はしらを
きり
そろへ
たる
かすみ哉
喜多川
哥磨

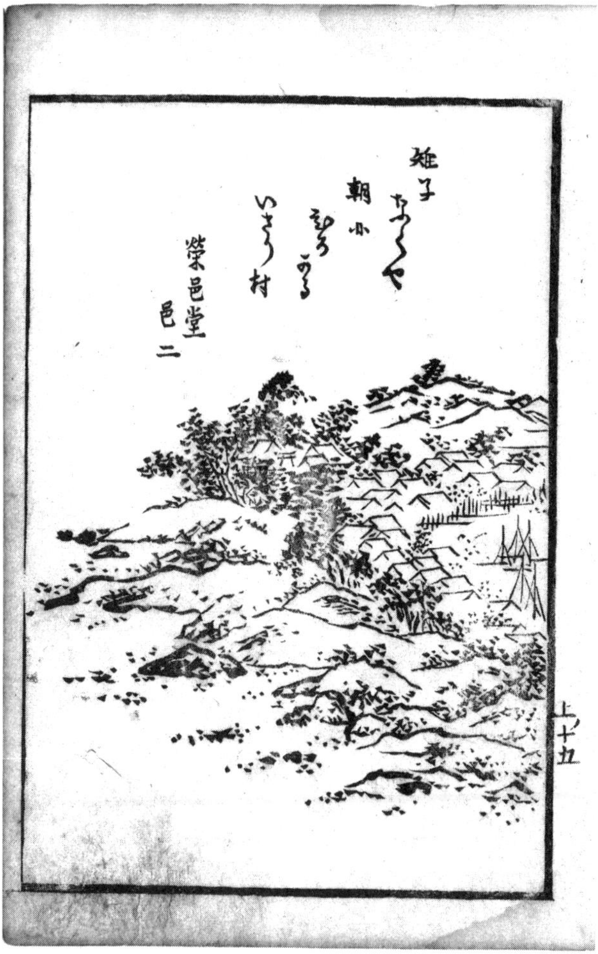

雉子
なくや
朝に
ひろかる
いさり村

栄邑堂
邑二

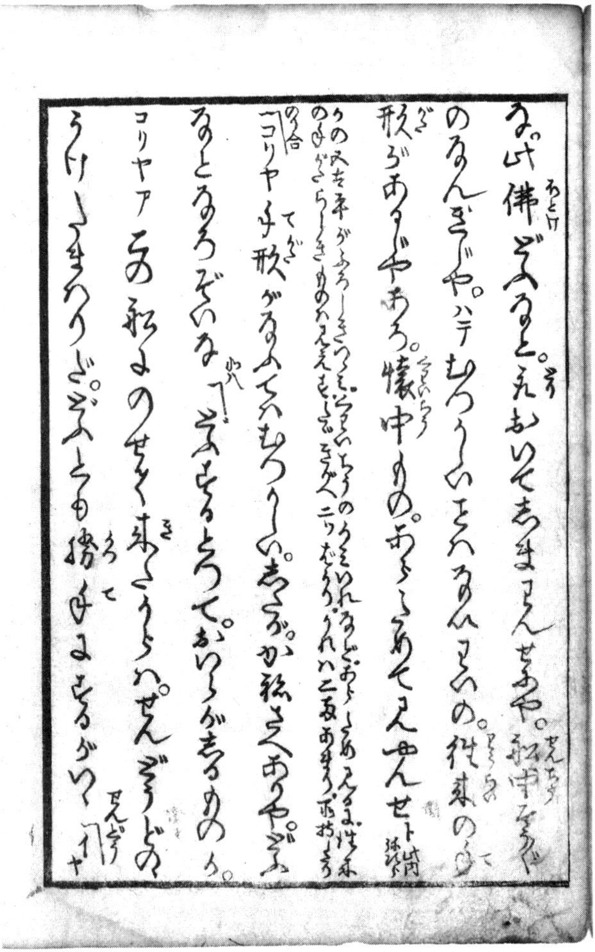

そうぞう　その場にいる者すべて。ある物すべて。みな。

往来の手形　他国往来のための身分証明書。

懐中もの　懐やポケットの中に入れてある物。

かみいれ　紙入。外出する時に必要な物を入れて携帯する用具。

二両　十六朱で一両。

したが　けれども。

うけたまわり　他人の分まで支払いを負担すること。

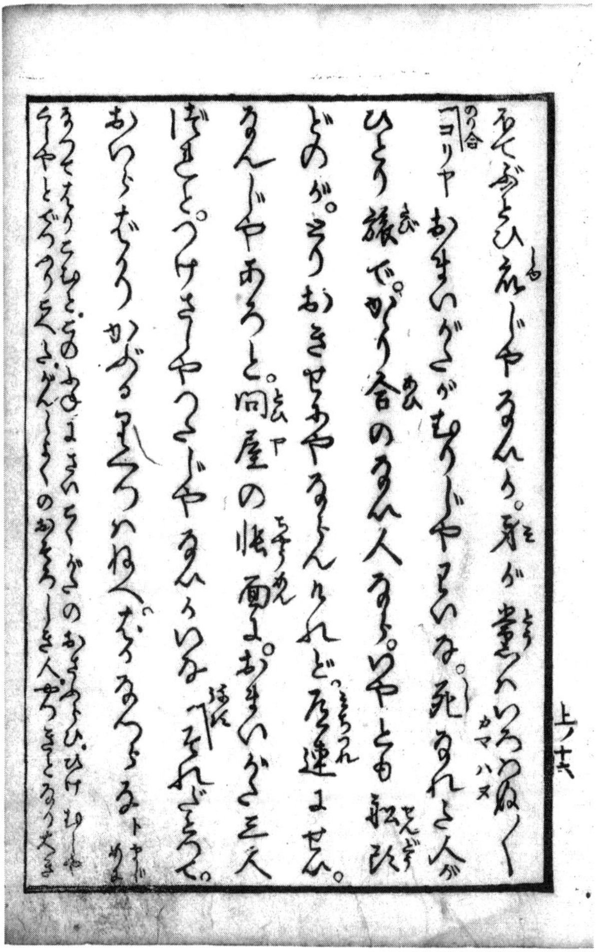

ほてぶとい　ずぶとい。横着だ。

いろはぬ　【物】西国にて。いろはぬといふは、かまはぬと云意也。土州などにて。いろはぬといふも、物に手をふれずかまはぬと云にをなし意なるべし。

とりおき　取り置き。処理。

つら　顔つき。ここでは役割。

はりこむ　やりこめる。

さいこく　西国。西の方の国。近畿から見て西の地方。特に九州地方をさすことが多い。

やつき　せきこむさま。真剣な。

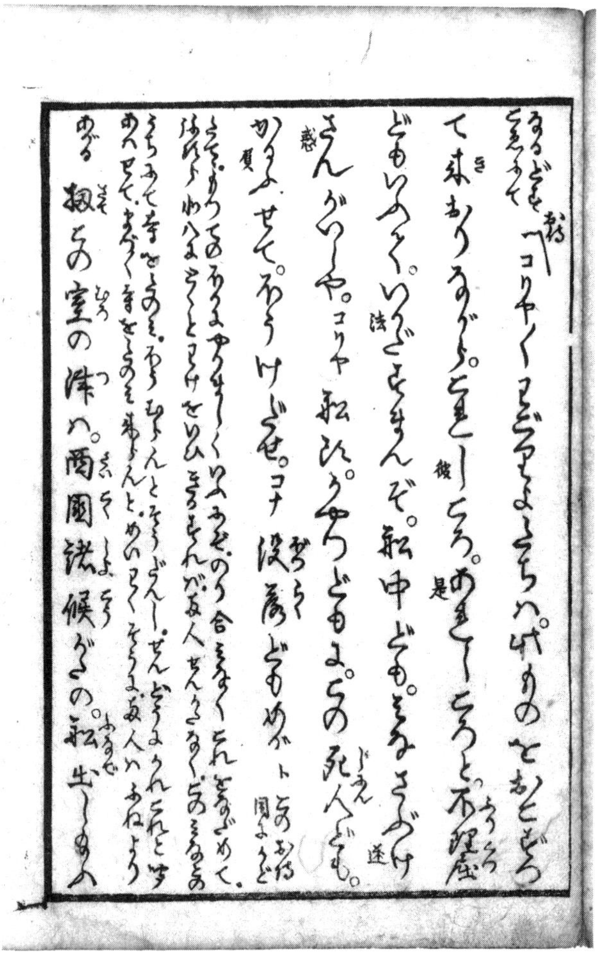

わごりよ【物】他をさしていふ詞に豊前、豊後辺にて。わごりよといふ。

おこずる【物】誘て行を、尾州にて。をこづらるゝと云。

いかだ【物】法 所の仕来といふ詞のかはりに大隅、薩摩にて。いかたと云。又掟といふ。

さぶけさんがい めいわくといふ事を、上野にて。さぶけさんがいといふ。

ほうけだせ 突き放して船から追い出すこと。

没落【物】方外なる物を薩摩にて。没落と云。

目にかどたてて 目を三角にして、にらみつける。

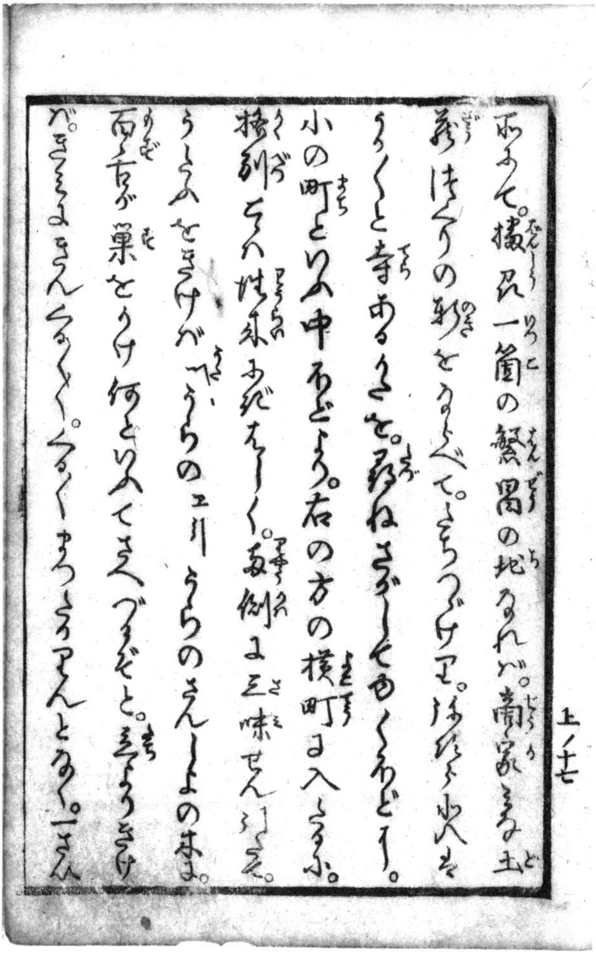
ありて。播州一箇の繁昌の地なれバ。商家も多く土
蔵はくりの形をならべて。立つゞけて。隣家ふ火を
かくくと寺あるとを。みねさがしそもくあどて。
小の町とりの中あどより。右の方の横町よ入るあふ。
摂訓なる姉妹の死をしく。兵衛よ三味せん引くを。
うしみをきけが。うらのヱリ　うらのさんしよの木よ。
百舌が巣をかけ何とりよてさへづるぞと。きりきりきけ
ぐ。きさらきさんなくく。なくまつさアんとなく。一さん
上ノ十七

播州　今の兵庫県の一部。
うらのさんしよの木に　稗搗節（ひえつきぶし）の一節。宮崎県椎葉に伝わる民謡で正調では「鳴る鈴かけて鈴の鳴る時ゃ出ておじゃれ」と続くが、形がくずれている。
ヱ引　歌謡などで伸ばす音を表す。

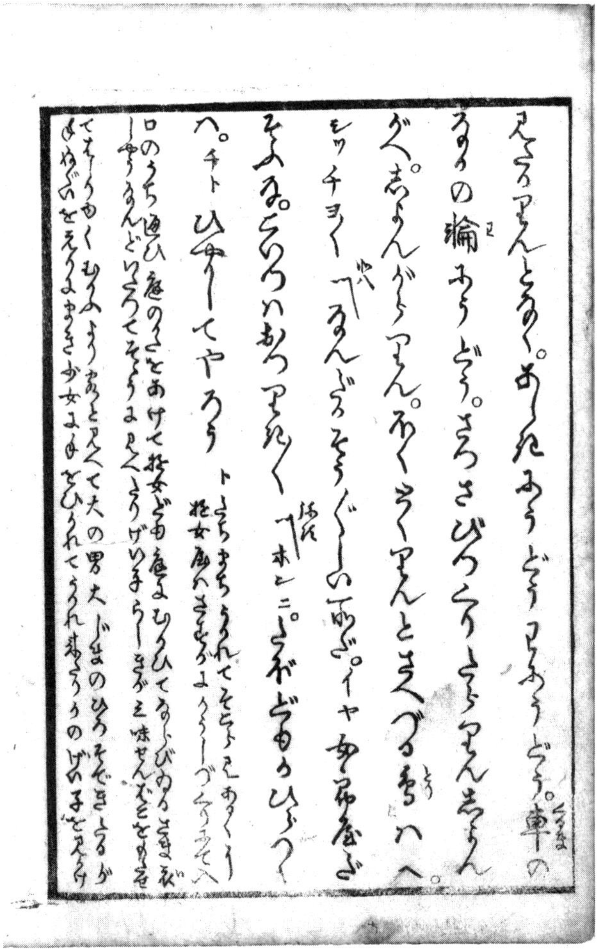

しょんがへ　俗謡の段落のあとに付ける囃子（はやし）詞。

おつりき　「おつ」に同じ。味な事。おもしろい。

たぼ　【物】蟬髪挿　つとさし（関西にて云髪のつとを東国にて「たぼ」といふ）。

つと　日本髪の後方へ張り出した部分。

ひらつく　びらつく。風俗、言動などが色っぽい。

ひやかす　用もないのに、ぶらぶら歩き回る。

そゝう　鮮やかで美しいさま。

大じま　大柄な縞模様。

ひろそで　衣服の袖口の下の部分を縫わずにおく着物。

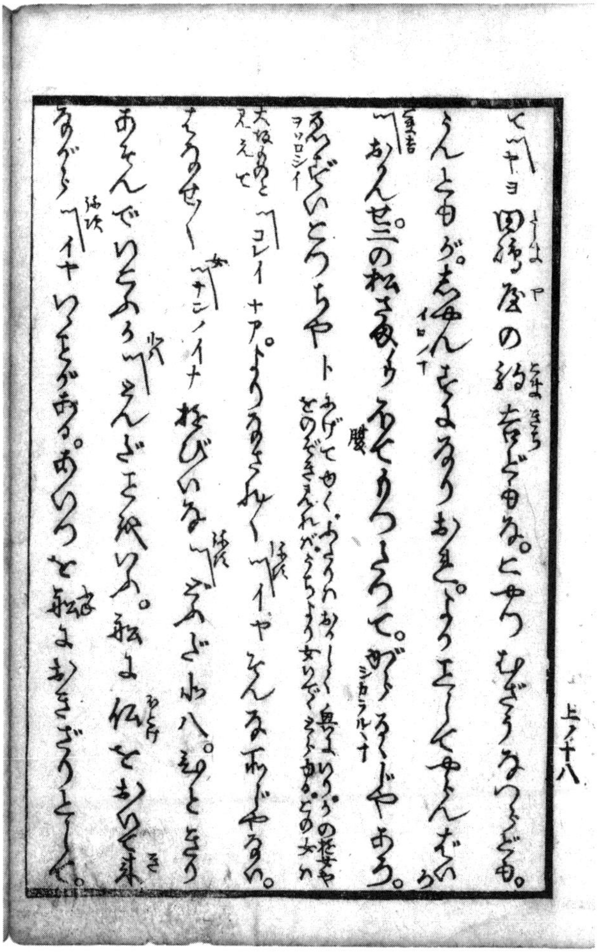

ヤヨ　呼びかける声。やあ。やい。

むざう　【物】かはいらしいと云詞のかはりに肥前及薩摩にて。むざうと云。

しやんす　【物】女色の事を長崎にて。しやんすといふ。

イロ　【物】女色の事を江戸にて。いろと云。

ばい　西国の文末詞。

がらるゝ　【物】呵らるゝといふ事を長崎にて。がらるゝと云。

ゑずい　【物】おそろし　こはし西國にて。ゑずいと云。

ひときり　一定の短時間遊興。遊女語。

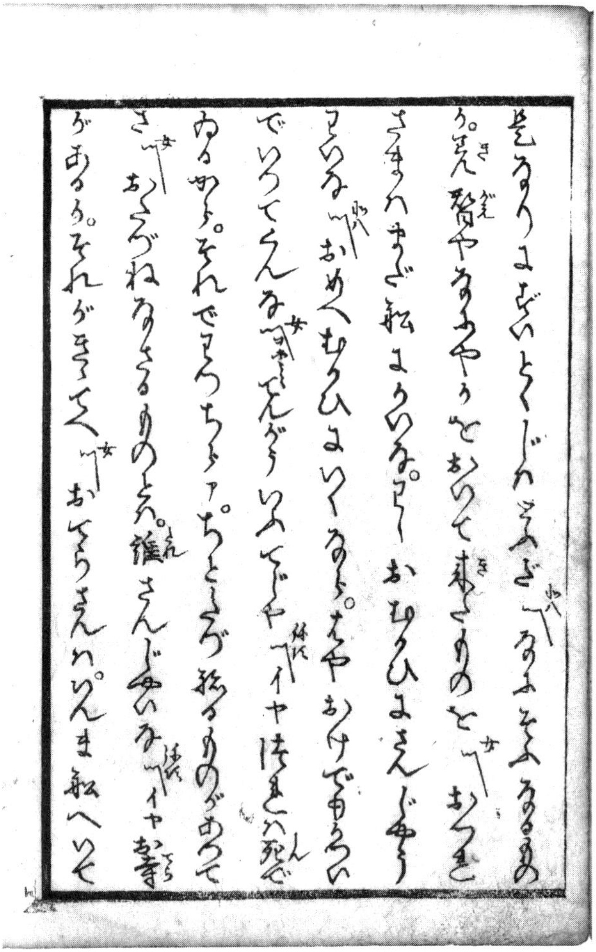

是なり　物事がそこに示されているままの状態。

ずいとくじ　随徳寺。「ずいと何々する」の「ずいと」をしゃれて寺の名のようにいった語。あとのことなどかまわずに逃げ出すこと。

ずいと　力を入れて勢いよく一気に行うさま。

はやおけ　早桶。粗末な棺桶。

てんがう　癲狂。瘋癲の古称。転じて、ふざけた言動。冗談。

桑都　萱艸庵菊里

舩みちの
自在
なりけり
春の風

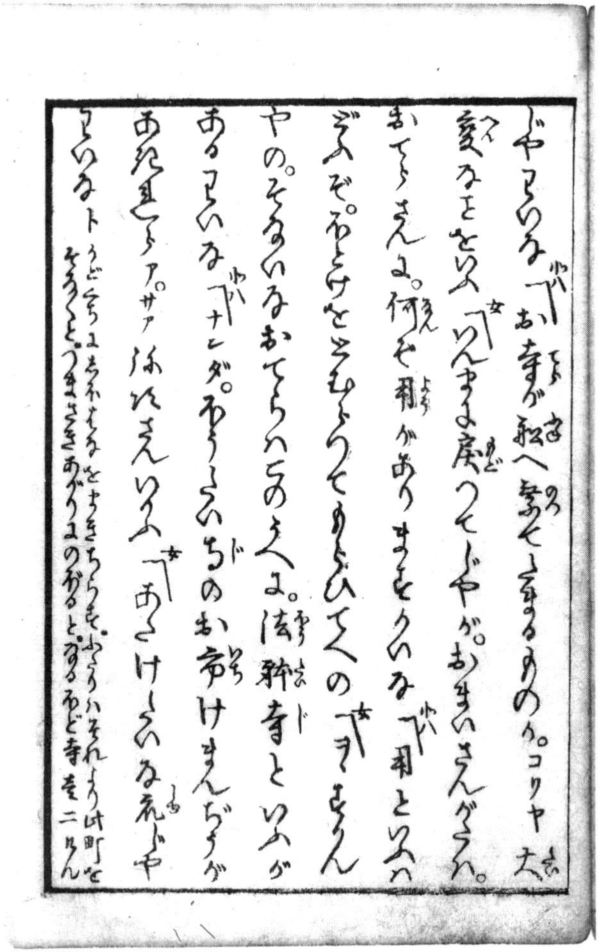

わいな　ですね。女性詞。

すかん　いやだ。いやらしい。

お市けまんぢう　落雁に似た駄菓子の一種。

しほはな　清めにまく塩。

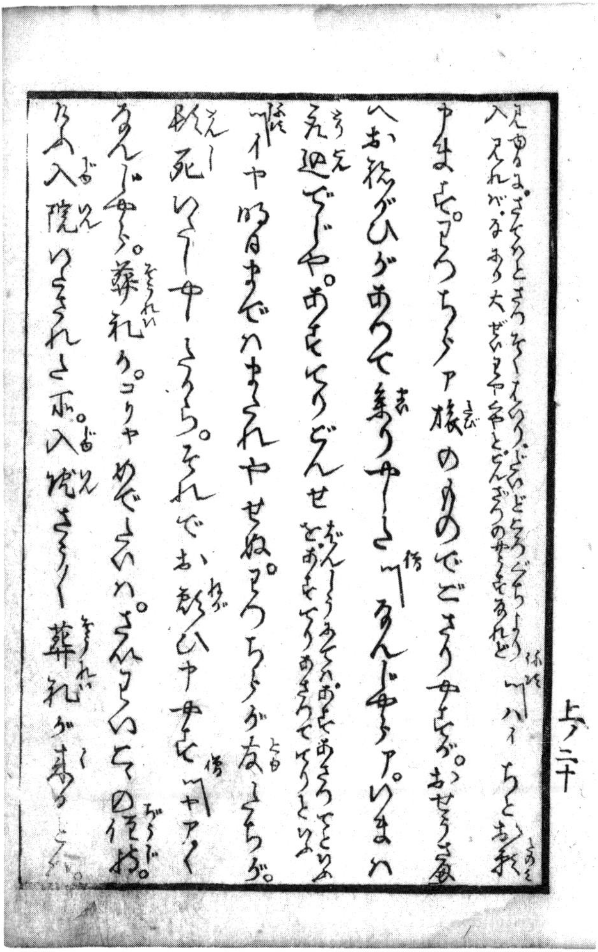
上ノ二十

わやくや　さわがしいさま。
わつち　「わたし」の訛。
やす　「やんす」の訛。
取込　多忙なさま。
あすてり　【物】明日、明後日という事を播州赤穂にて。あすてり。あさつて照といふ。
頓死　にわかに死ぬこと。

これはめでたいずいさうじや。今までは叶寺の檀那(だんな)へ。のこらず達者(たつしや)で。どれもく長命(ちやうめい)。ア、おもてたがるは。不(ふ)仕合(しあはせ)なこつちやとおもひおつたが。これからハ檀方(だんかた)さまが夭死(こうじに)して。寺繁昌(てらはんじやう)の瑞相(ずいさう)。おせうもさぞよろこばしませう。[illegible]じて酒(しゆ)などあげましようかな　〽それは

ありがたふござりませうが。善(ぜん)はいそげじや。こつちやがあらうとも。[illegible]て葬礼(さうれい)よりのまお遅参(ちさん)いたしやせう

〽イヤウリヤ。早速(さつそく)なこつちやが。施主(せしゆ)どのさへ。誰(たれ)どのじや

瑞相　めでたいしるし。
施主　葬式、法事をする当主。

〔ほほ〕ハイこちのかゝりでござりまする〔信〕こなさんこちへござ
じやいな〔ほほ〕イヤこちとらァなどのものでござりやすが。
金毘羅縁起よみまゐりやす。私の中でつれが一人
てこねやしたら。それでお寺へおくのさんのでござり
やすと〔信〕ハテそりやかけながしの葬礼じやな。おもしろい
よりやましおやが。猿の名をも従来の手形があるかい
な〔ほほ〕イエ手形はござりやせね〔信〕手形がなくてはすまん
このな〔小八〕ソリヤとまつとものぞみ ぞんぞそとをお

上ノ卅一

こなさん　「こなたさま」の転。
てこねやした　死んでしまった。
かけながし　真実味のない、その場限りの同情や行為。

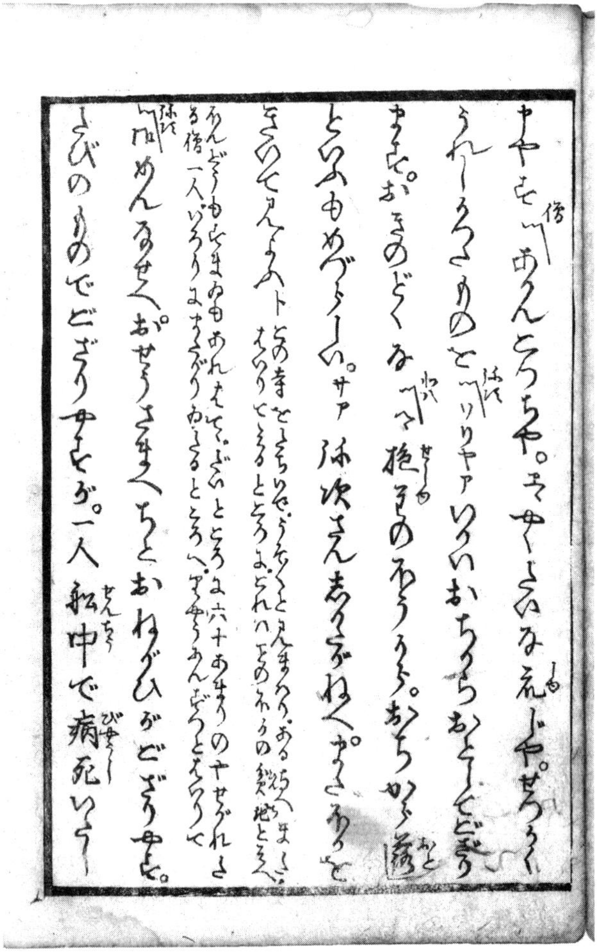

やくたい　益体。めいわくな。
いかい　ひどい。大いに。
うそく　気が落ち着かず、沈着でないさま。うろうろ。
貧地　貧しい土地。

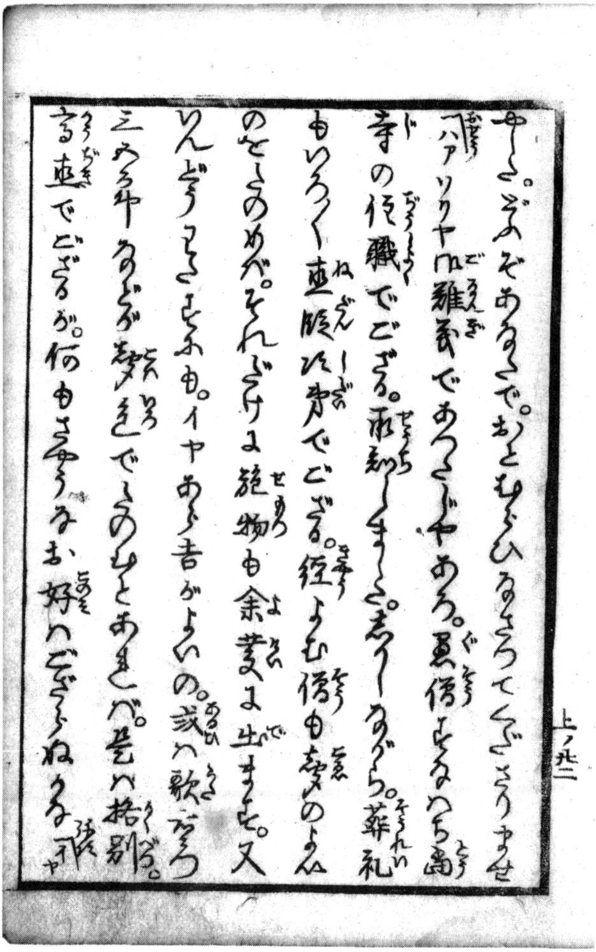

施物　ほどこしの物。

いんどう　引導。葬礼で経文を唱えること。

あら吉　歌舞伎役者二代荒吉三郎か。

歌右衛門　歌舞伎役者初代中村歌右衛門か。

三五郎　歌舞伎役者初代板東三津五郎か。

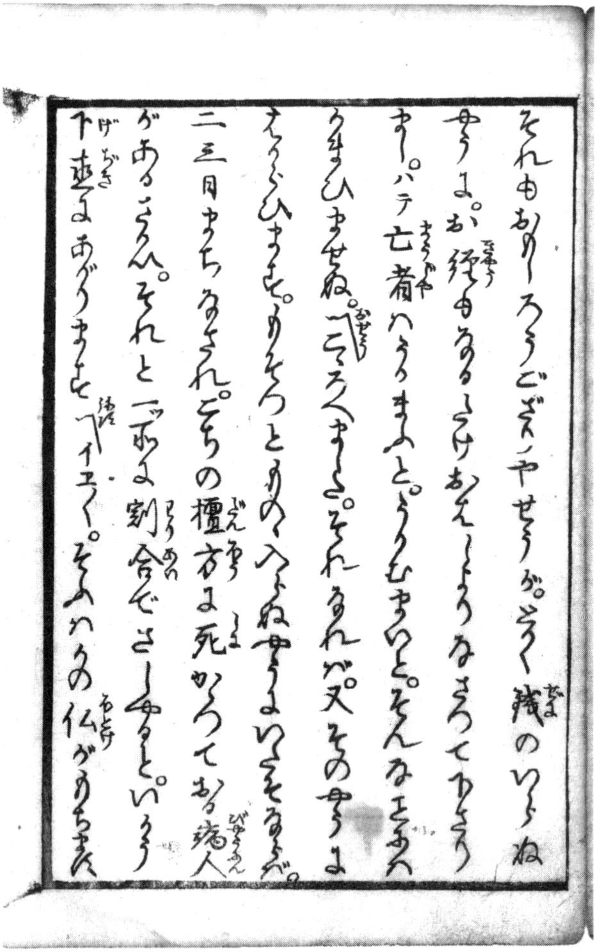

おはしよる　「端折る」の約。省いて短くする。省略する。

うかむ　成仏する。

もそつと　もう少し。

いこう　たいそう。ひどく。

割合　分割してあてがうこと。

下直　値段が安いこと。安価。

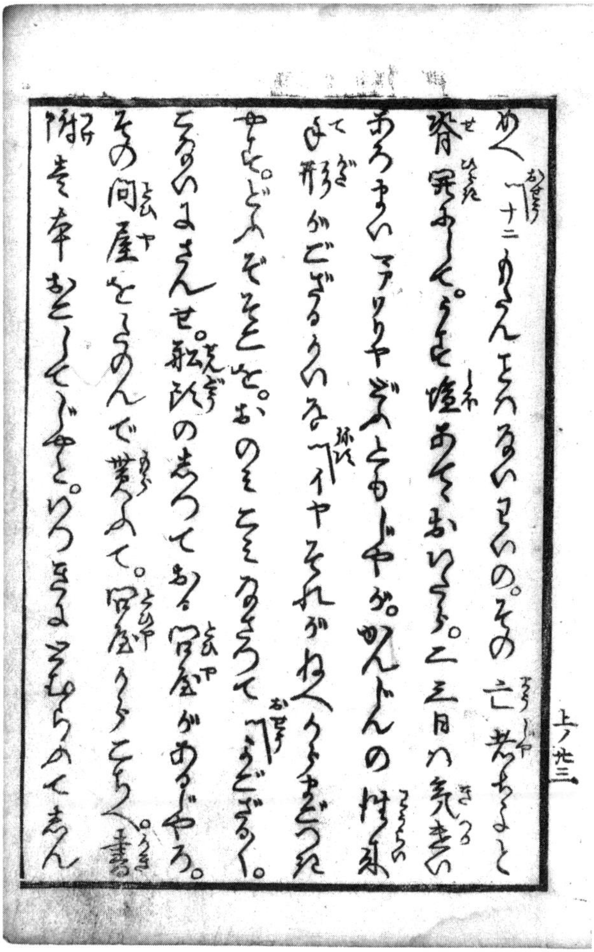

どうともじやが　どちらでも良い。

やす　「やんす」ともいう。

のみこむ　納得する。理解する。

問屋　取次商。

書附　証拠になる文書。

おこす　文書を送る。

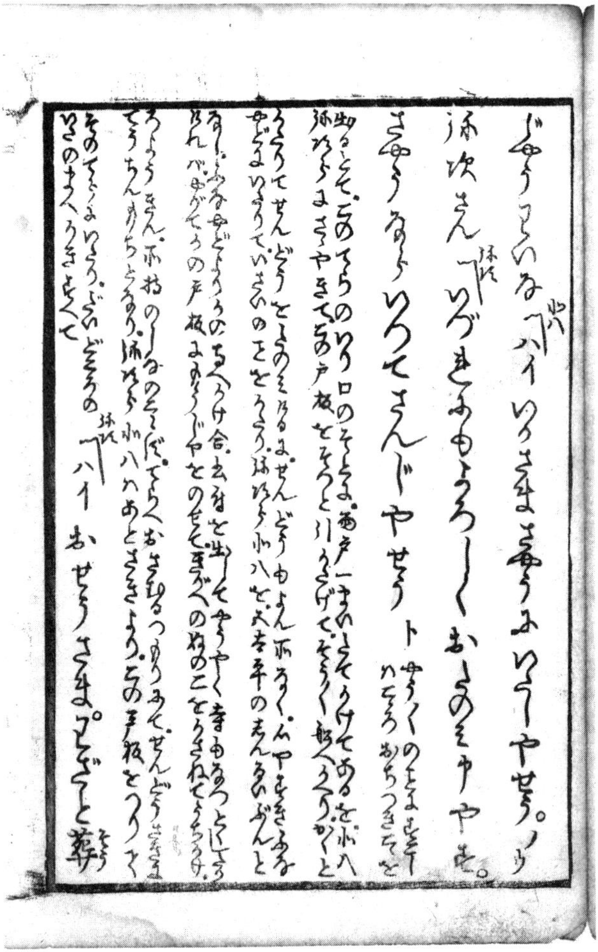

いかさま　なるほど。
そうく　早く動くさま。
よん所なく　やむをえない。
ぬのこ　木綿の綿入れ。
わざと　あらためて。

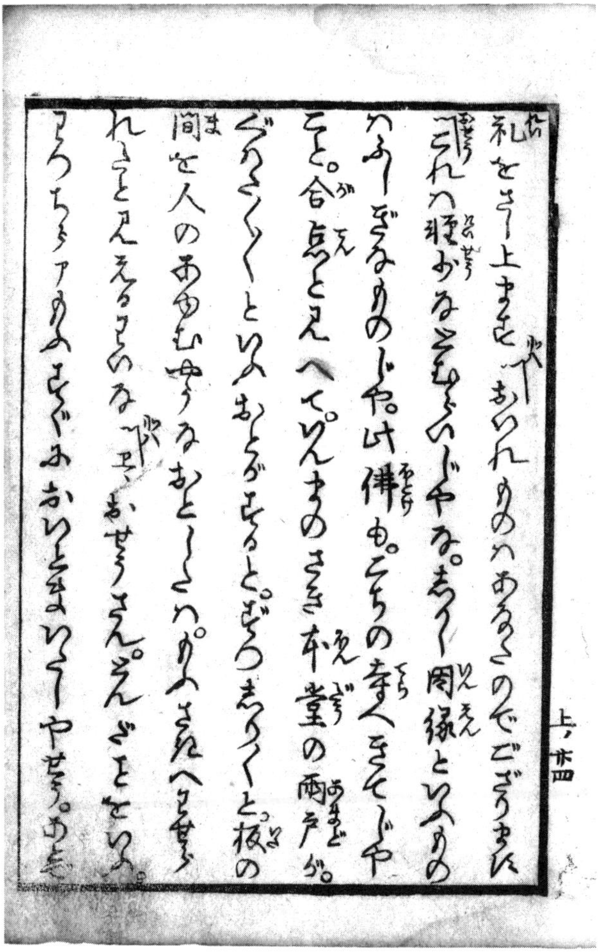

おいれもの　棺の忌言葉。
あなた　あそこ。
合点　理解。納得。
さき　さっき。
わせる　「来る」の尊敬語。おいでになる。

よろしくおいらのみやげをさ「アコレくマア。沐浴(ゆかう)して。
あつちやへつれていかんせ「ナニサ仏(ほとけ)の遺言(ゆいごん)で
ござりまする。ゆかんハせずともよいござりまする「イヤ
そでもあいらいの。濁世(ぢよくせ)の垢(あか)を洗(あら)ひおとさねバ佛(ほとけ)の
らめじや。その釜(かま)よ湯(ゆ)もいれてあるさかい。ちよと
あこへかいていきや。ゆかんしてござれ「とてもの
ことじや。そふしてやらんせ。サアくその胴服(どうぶく)ノウ
はんぬのでゆかんせ。コリヤが湯(ゆ)ノウらんでめそいと

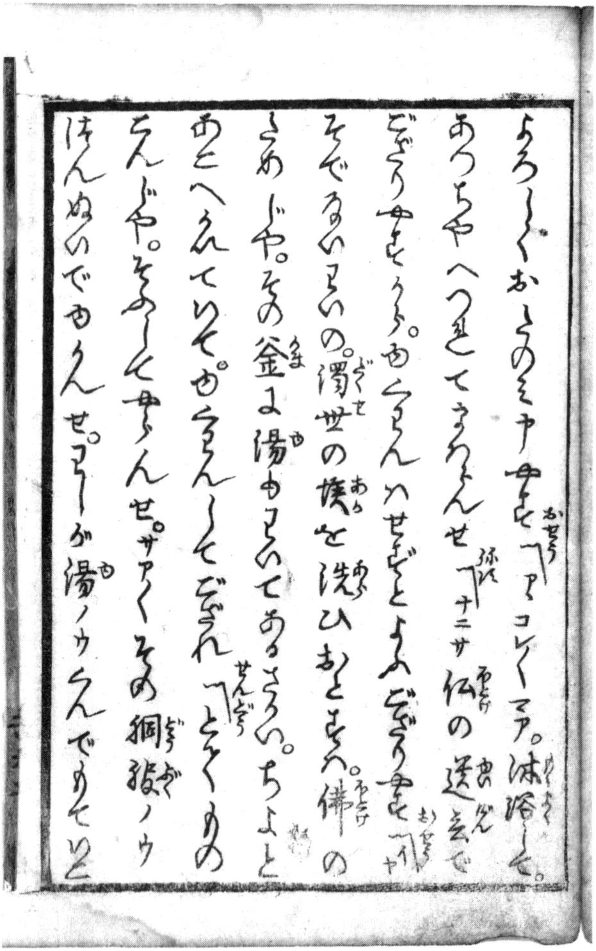

沐浴　湯で清めること。
あつちや　あちら。
あこ　彼所。あそこ。
ゆくわん　湯灌。湯で洗い清める。
かいて　担いで。
とても　とうてい。どうせ。
胴服　服衣。

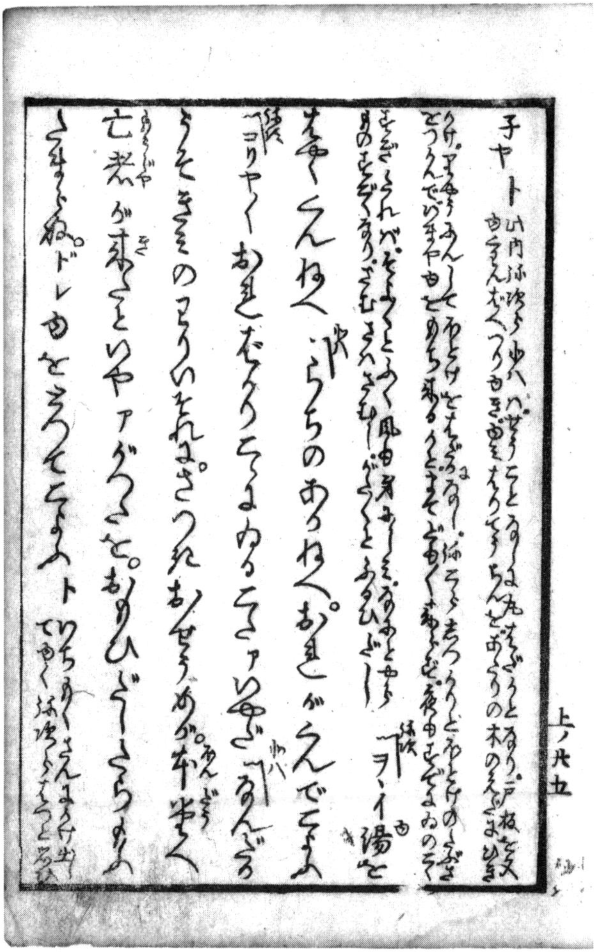

ゆみはりてうちん　弓張提灯。竹を曲げ、上下に掛けて開くようにした提灯。

ゐのこく　亥刻。午後十時ころ。

うそきみ　薄気味。

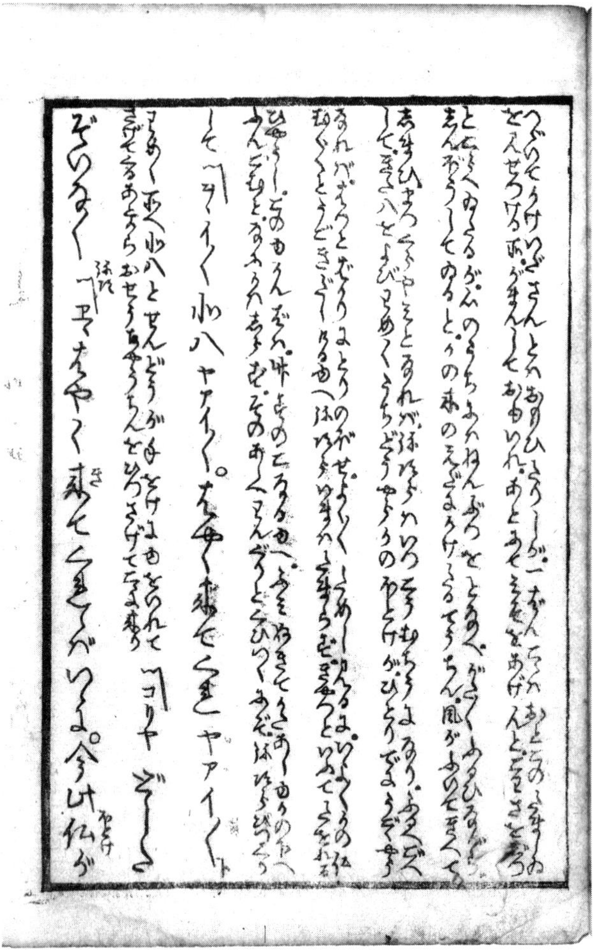

みそをあげる　自慢する。

いつこう　一向。ひたすら。

むちうに　夢中。自覚を失う。

とりのぼせ　分別を失う。

竹すのこ　たけす。竹で作った敷物。

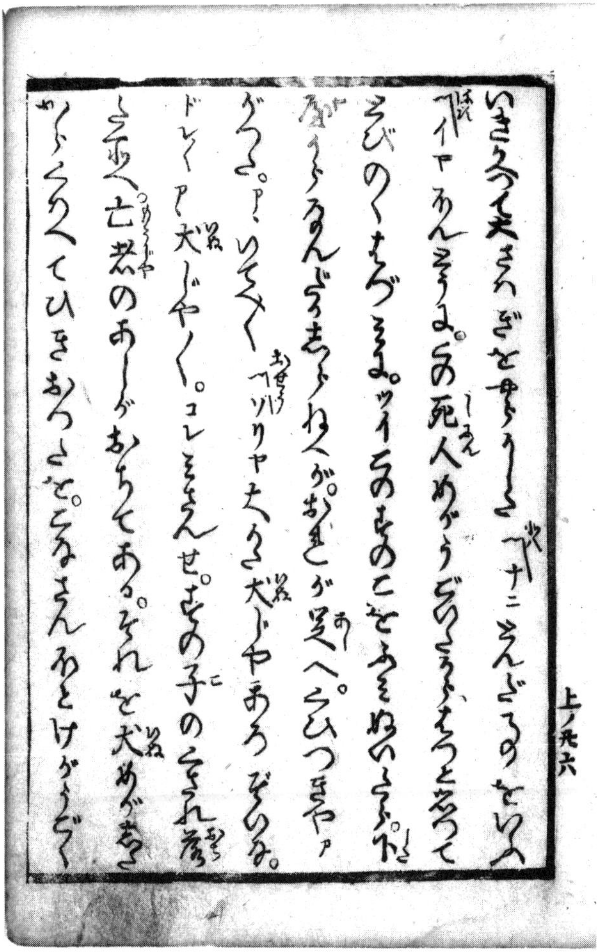

とんだ　とんでもない。
下屋　床下。縁の下。
くひつきおつた　くいつきやがった。卑罵の表現。

おほろ
夜を

曇ると
見てや
かゝり舩
かすみの
笘を
ふく
春の月

春秋亭
仲佳

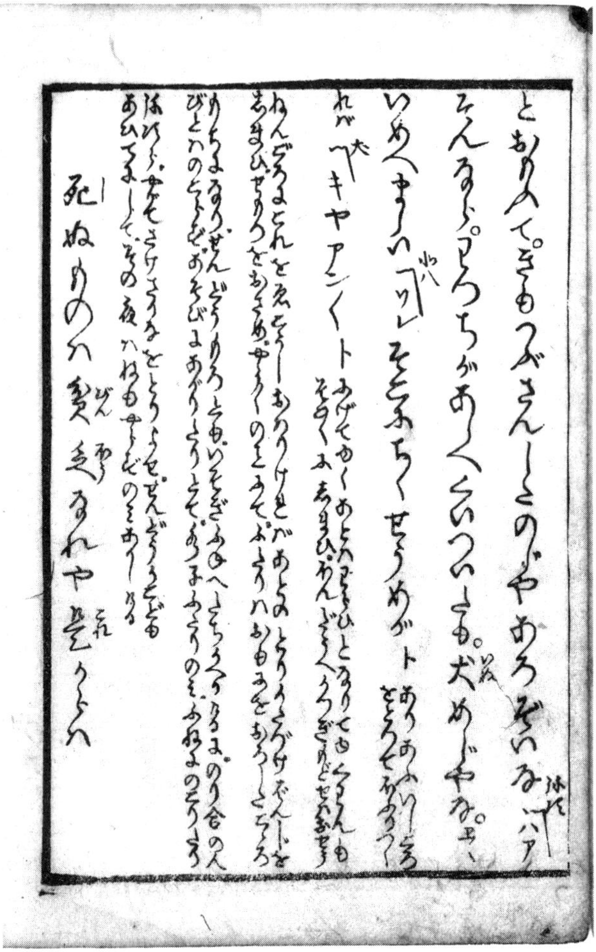

ありあふ　あり合わせの。
水子　かこ。船乗り。

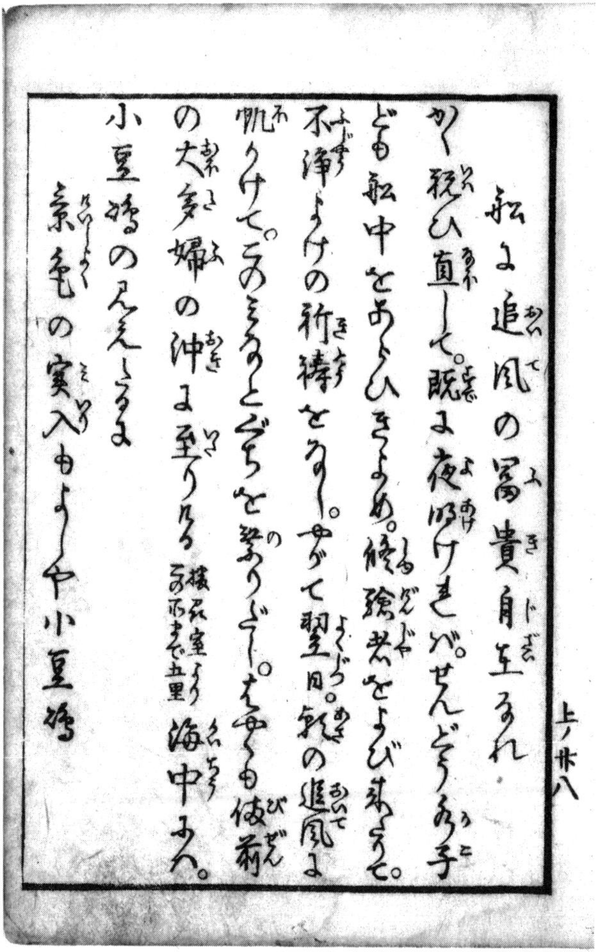
舩に追風の冨貴自在なれば。祝ひ直して。既に夜明ければ。せんどう水主ども舩中をあらひきよめ。修験者をよび来りて。不浄よけの祈祷をなし。やがて翌日。舩の追風に帆かけて。このみなとぐちを乗りだし。まもなく備前の大多婦の沖に至りける播州室よりこの所まで五里海中なり。
小豆嶋のみえけるに
景色の実入もよしや小豆嶋
上廿八

修験者　修験道の行者。山伏。
大多婦　岡山県備前市にある島。
五里　約二十キロメートル。

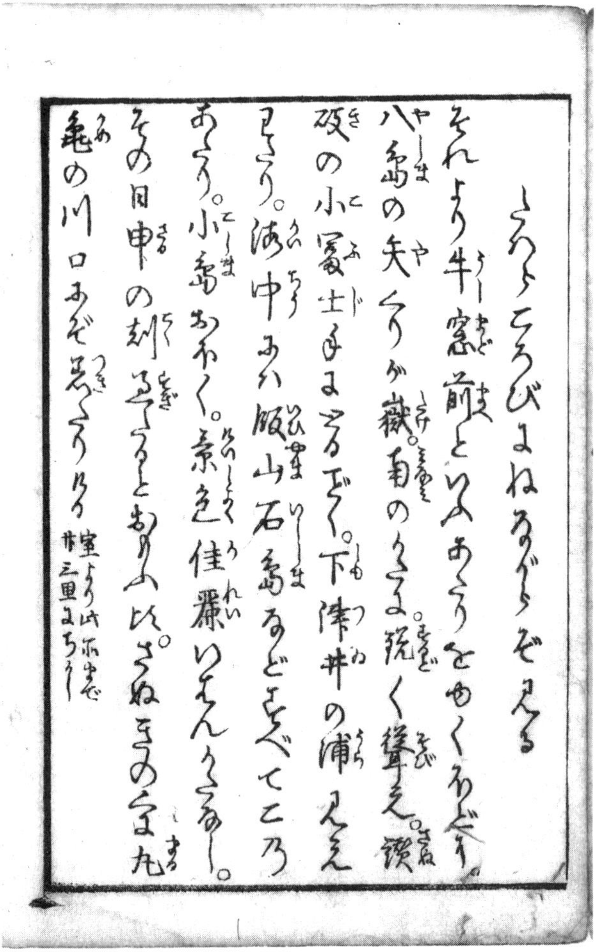

しらところびよねなどゝぞ見ゆる
それより牛窓前といふあたりをゆくなどすれ
八島の矢くりが嶽。角のしま。鋭く聳え。讃
岐の小冨士などすぐ。下津井の浦見え
たり。海中に飯山石島などならべてこの
あたり。小島おほく。景色佳麗いはんかたなし。
その日申の刻過るとおもふに。さぬきの丸
亀の川口あたり着ぬるなり 室より此所まで廿三里ばかり

牛窓　現在の岡山県瀬戸内市。
申の刻　午後四時ころ。
廿三里　約九十二キロメートル。

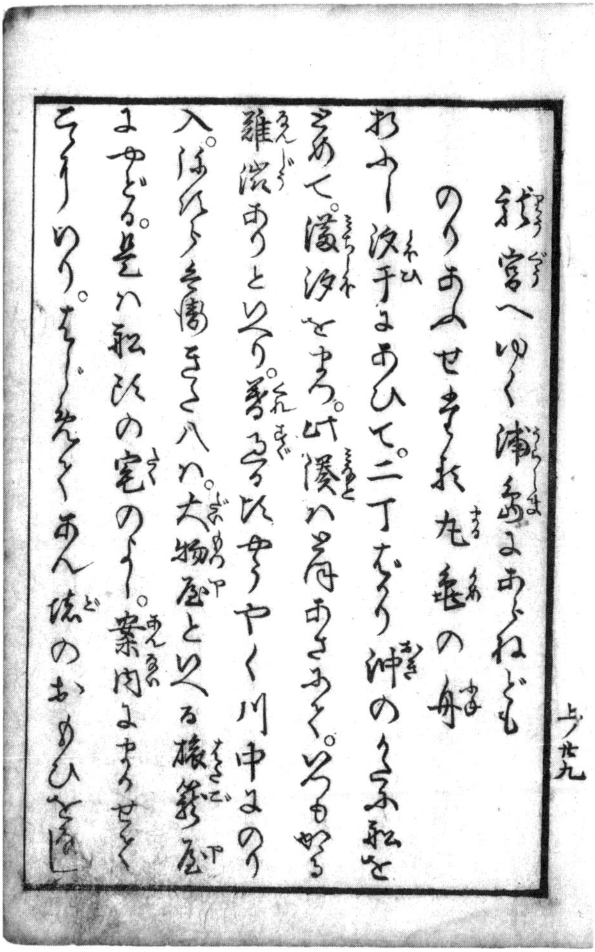

打ふし　ここでは、その時。
汐干　引き潮。
二丁　約百六十メートル。

ありける。

阿蘭陀影絵（おらんだかげゑ） おつまき 全

右当年の出板にて御座候おもしろく
をかしくあそびしきをもめてゝおかしきを
拵させたるものなればいかなる春の御慰み
にも御求めのほど願ひ

栄邑堂

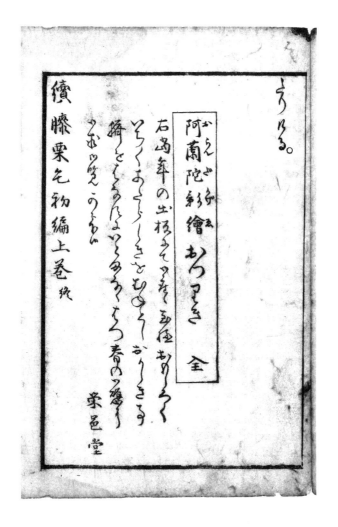

續膝栗毛初編上巻 終

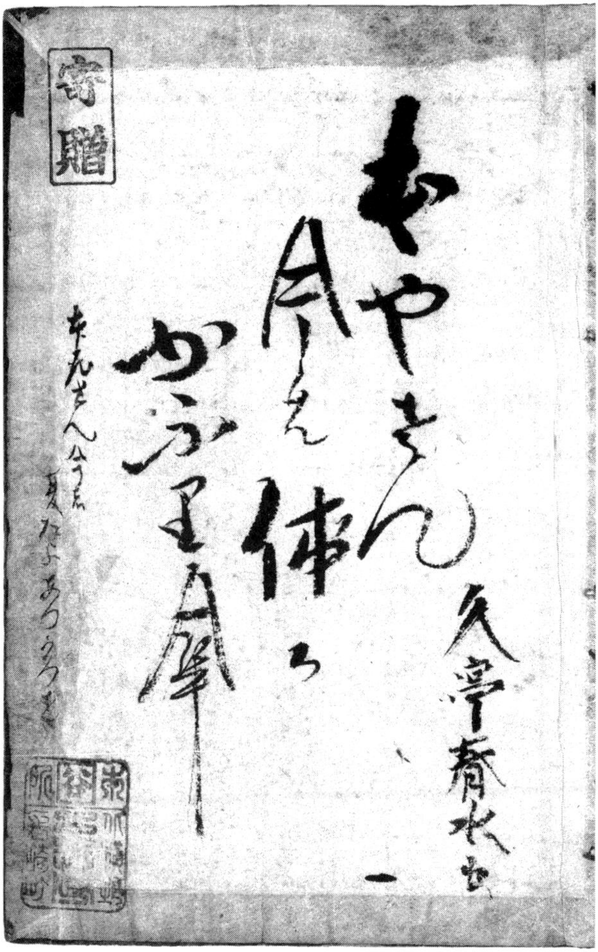
寄贈

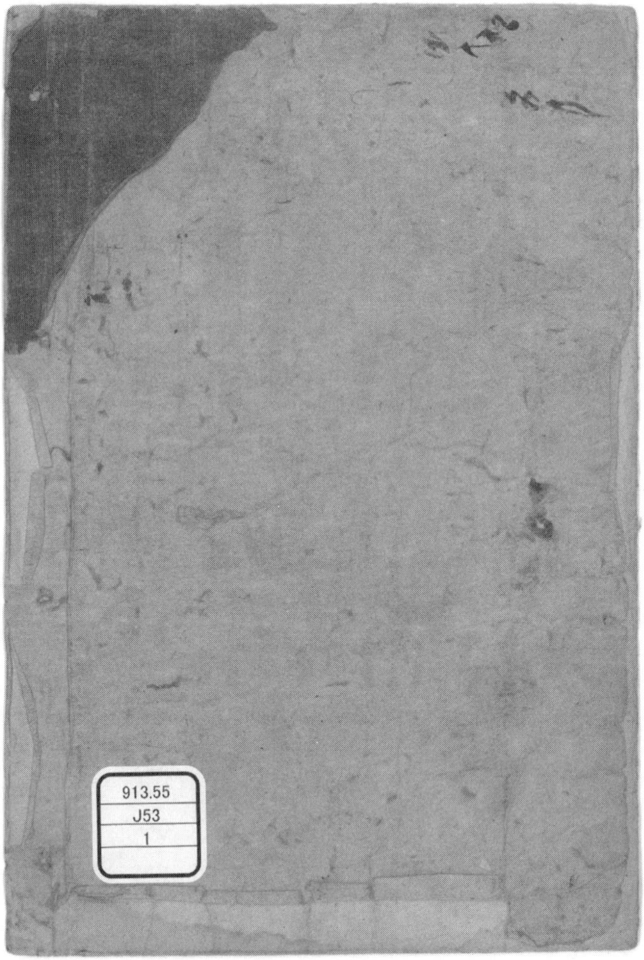

上巻　裏表紙

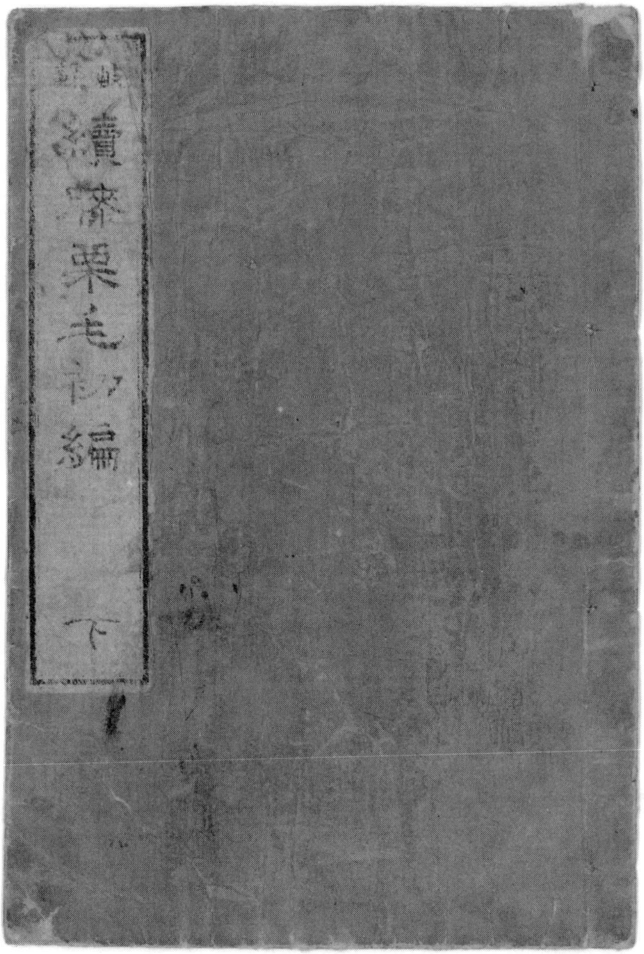

下巻　表紙

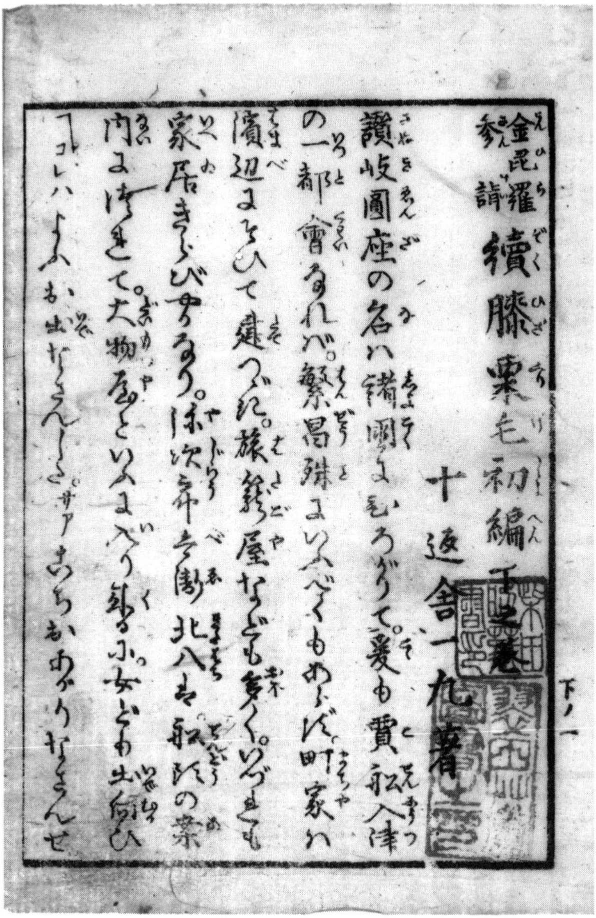
金毘羅參詣 續膝栗毛初編 下之巻
十返舎一九著
讃岐圓座の名ハ諸國にもひろがりて。爰も貫舩入津の一都會なれバ。繁昌殊にいふべくもあらバ町家ハ濱邊にそひて建つゞき。旅籠屋なども多く。いづれも家居きらびやかなり。弥次郎兵衛北八ハ宿の案内にまかせて大物屋といふにいり休むに。女ども出向ひ
「コレハよふおいでなさんした。サアおあがりなさんせ
下ノ一

讃岐圓座　丸い形をした敷物。讃岐の名産品。

貫船　商売のための船。商船。

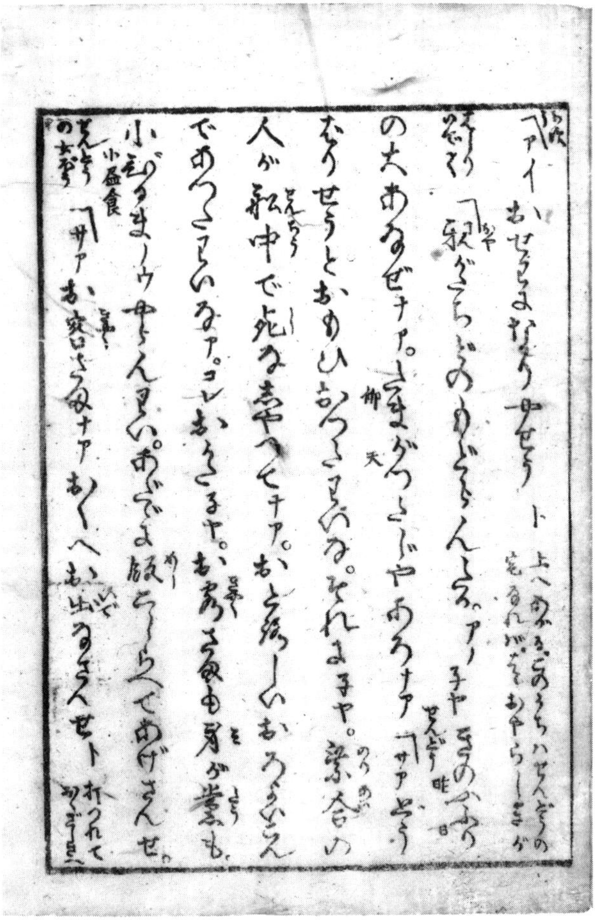

親がたち　【物類称呼】兄　あに　土佐にて。おやがたちといふ。

大あなぜ　【物】風　かぜ　畿内及中国の船人のことばに西北の風を。あなぜと称す。

どうばり　【物】いかやうにもといふを、伊予にて。どうばりと云。

おとろしい　【物】こはし　畿内、近国或は加賀及四国などにて。をとろしいと云。

おろよい　【物】わるいといふ事を備前及筑紫にて。おろよいと云。

おかた　【物】妻　つま　仙台にて。をかたといふ。

みがとう　【物】自をさしていふ詞に、豊前豊後にて、身が等といふもおなじ。

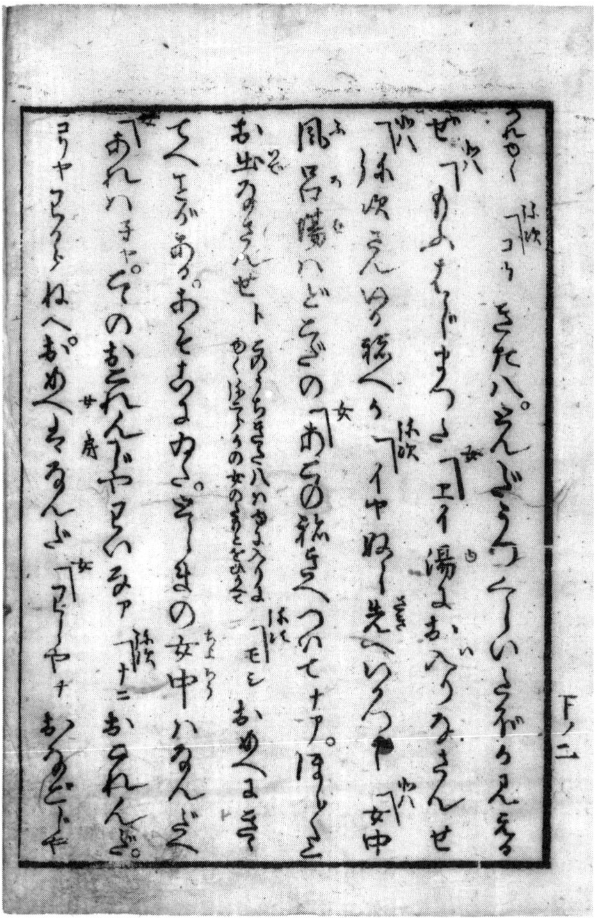

あだだに【物】急にといふ事を予州にて。あたゞにと云。

たぼ 結髪の後方へ丸く張り出す部分。転じて女。

ねき【物】際 畿内また尾張辺、播州辺にても。ねきという。

ほしく【物】やをら そつといふ心。伊予にて。ほしく〳〵と云ふ。

おこれん【物】息女 むすめ越後ノ高岡、長岡にて。をこれんといふは他の妻女を云也。備前なともをなし。

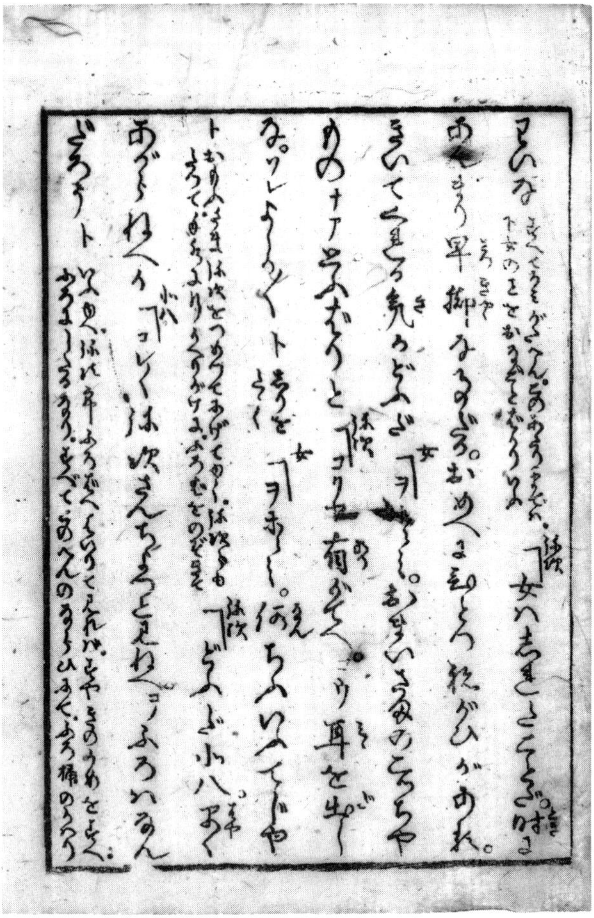

早脚な　だしぬけ。早急な。

とふばりと　【物】いかやうにもといふを、伊予にて。どうばりと云。土佐にては。どうまれ・かうまれなといふ。

つめつて　つねる。ひねる。

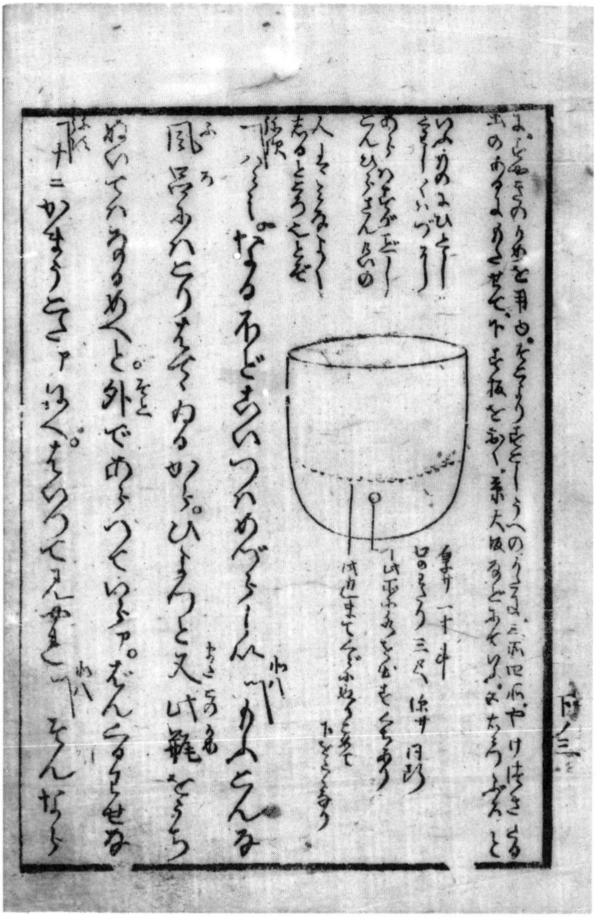

下す板　五右衛門風呂の底に入れる丸い板。下水板。
一寸　約三センチメートル。
三尺　約九十センチメートル。
同断　前と同じ。
くど　かまど。
ばんくるわせ　予想外。

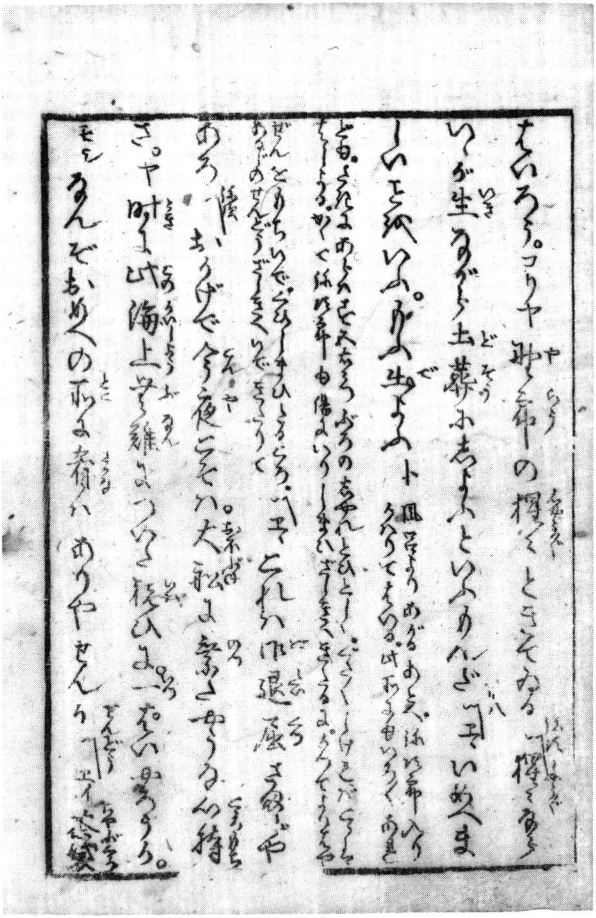

猩々　想像上の怪獣。酒を好み、顔が赤くなる。

さきにあらはす　『東海道五十三次』初編、小田原宿をさす。

ぐたくし　くどい。

茶袋　【物】松魚　かつを　関西にて。うづわとて小なる物有。今按に。うづわ、一名茶袋。

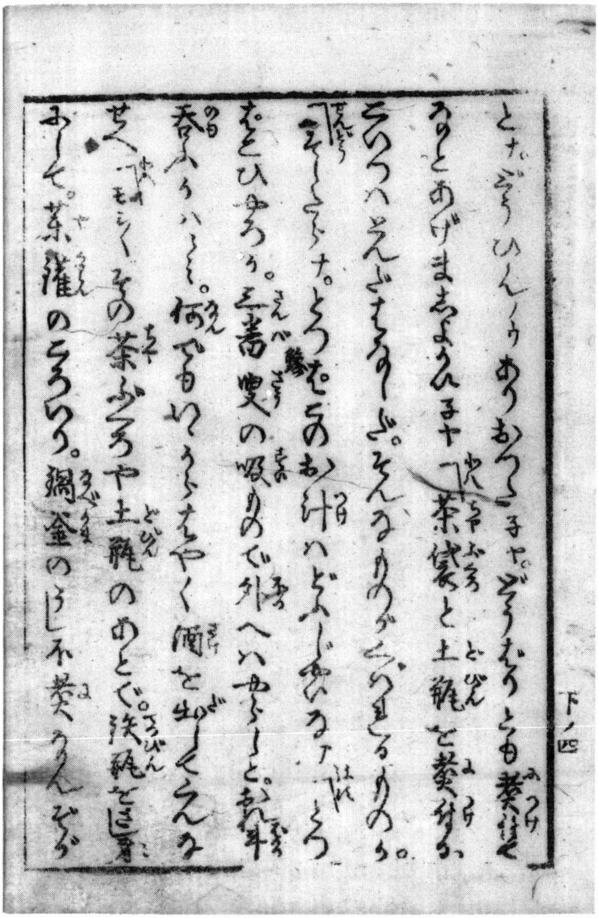

どうひん【物】土瓶　どびん　また常陸及出雲或は四国にて。どひんとひの字を清て唱ふ。ここでは蛸（たこ）のこと。

とっぱこ【物】鰺　あぢ　土佐にて。とっぱこと云。

とっぱこひやろか「とっぱこ」をおどけていう。

三番叟　物事の最初にすること。

ころいり　汁がなくなるまで煮る料理。

うしほ煮　塩で味付けした吸い物。

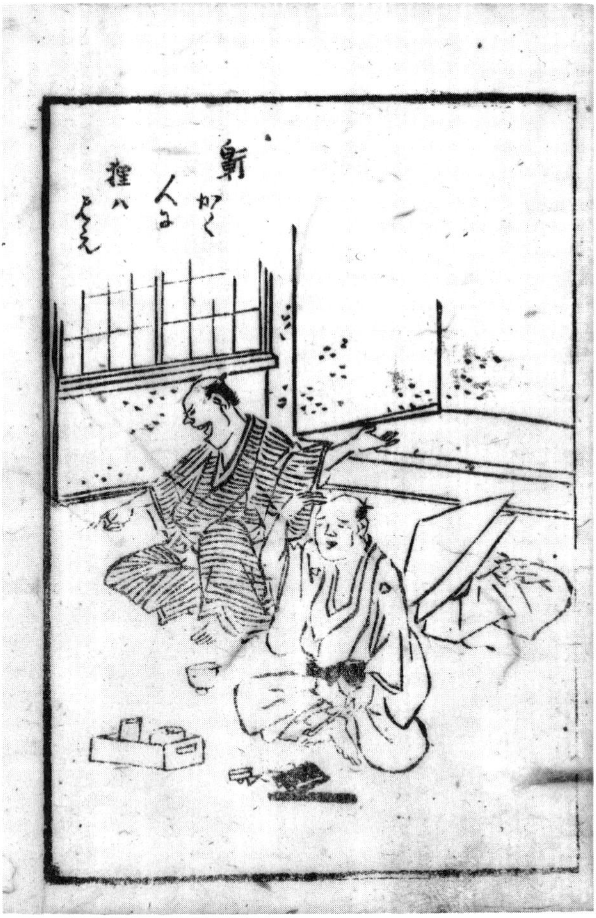

鼾かく
人に
狸は
見え

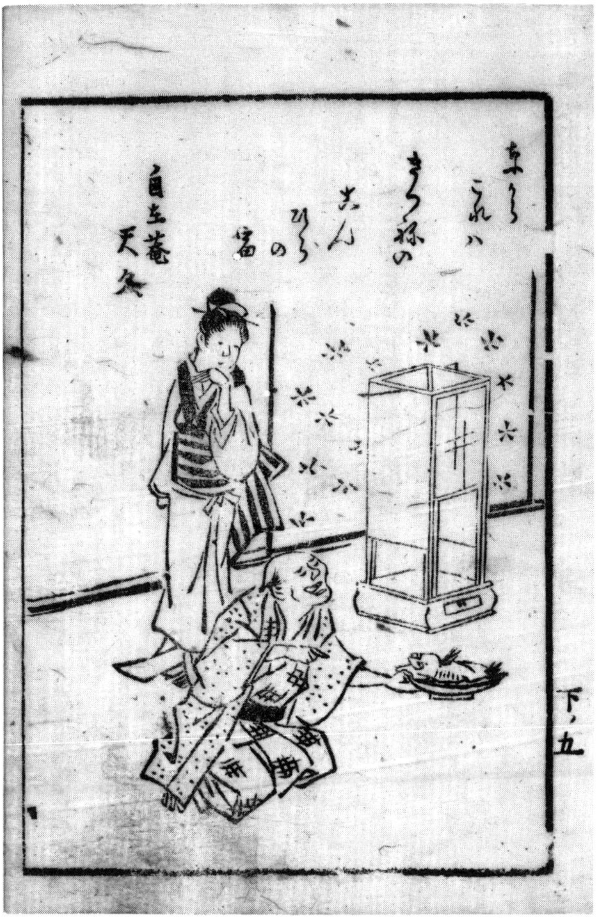

なから
これは
きつねの
こん
ひらの
富
自在庵
天久

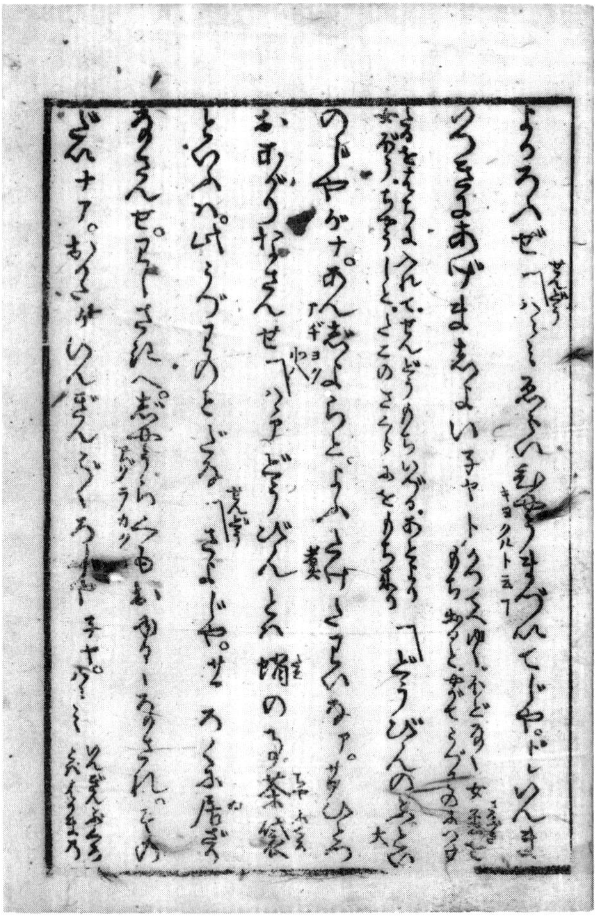

ひようまづいて　相手を馬鹿にする。

キヨクル　曲（きょく）る。からかう。馬鹿にする。

ふとい　大きい。

あんじよら　上手に。うまく。

居ざる　【物】居るといふ事を土州にて。いざると云。

じやうらく　【物】ゆるやかに坐する事を、京大坂にて。じやうらくむといふ。

いんぎんぶくろ　【物】袴　はかま　信濃国木曽路にて。じんぎぶくろ又。いんぎんぶくろ。ともいふ。

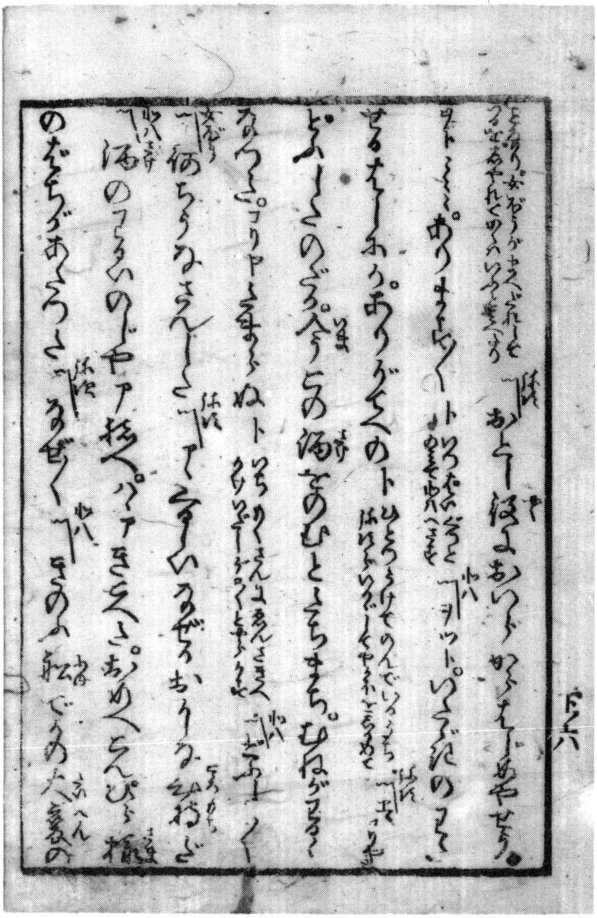

おとし役　厄落としの酒。
あります　献杯を受ける言葉。
いただきのわたせるはしに
「かささぎのわたせるはしに置く霜の白きを見れば夜ぞ更けにける（百人一首・大伴家持）」の歌をもじっていう。
わるく　ここでは、具合が悪い。胸が苦しく。
きこへた　わかった。

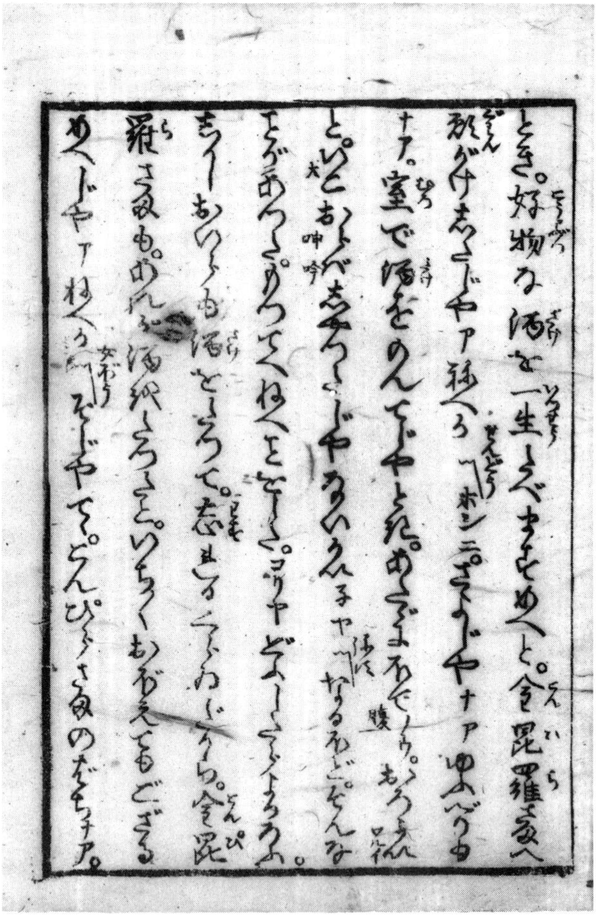

ゆふべり【物】明日・明後日といふことを、土佐にて。きのふり・ゆふべりと云。

ほて【物】腹 はら 畿内、近国及び中国、四国にて。ほてといふ。

おろよい【物】わるいといふことを、備前及び筑後にて。おろよいと云。

いこ たいそう。ひどく。

おらぶ【物】おめきさけぶと云詞のかはりに、九州及四国にて。おらぶと云。

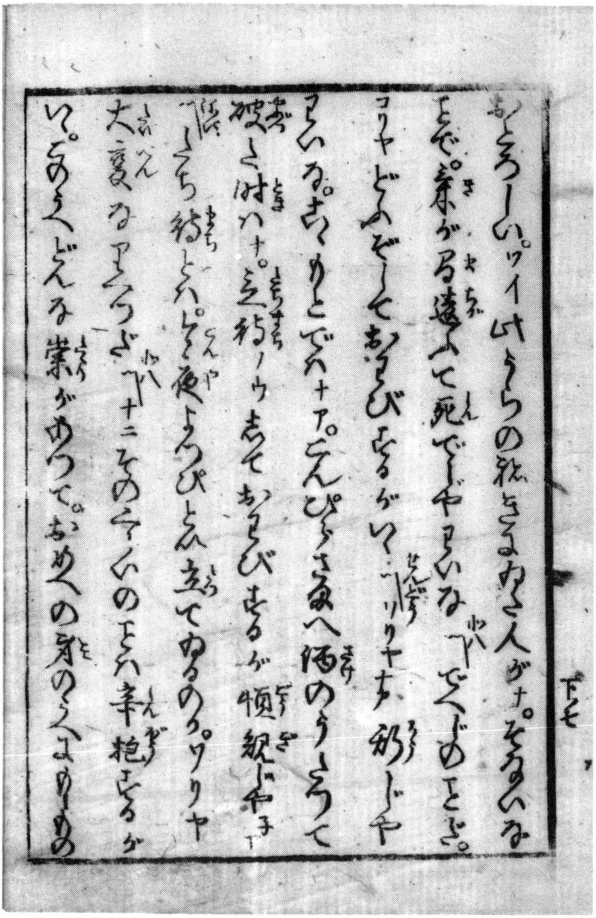

斯じや　そうだ。その通り。

ここもと　此処許。この辺。

立ち待ち　立ち続けて、神仏を祈願すること。

恒規　ここでは、規則、決まりの意。

よつぴとい　夜一夜。「よっぴて」に同じ。

りくつ　理屈。道理。

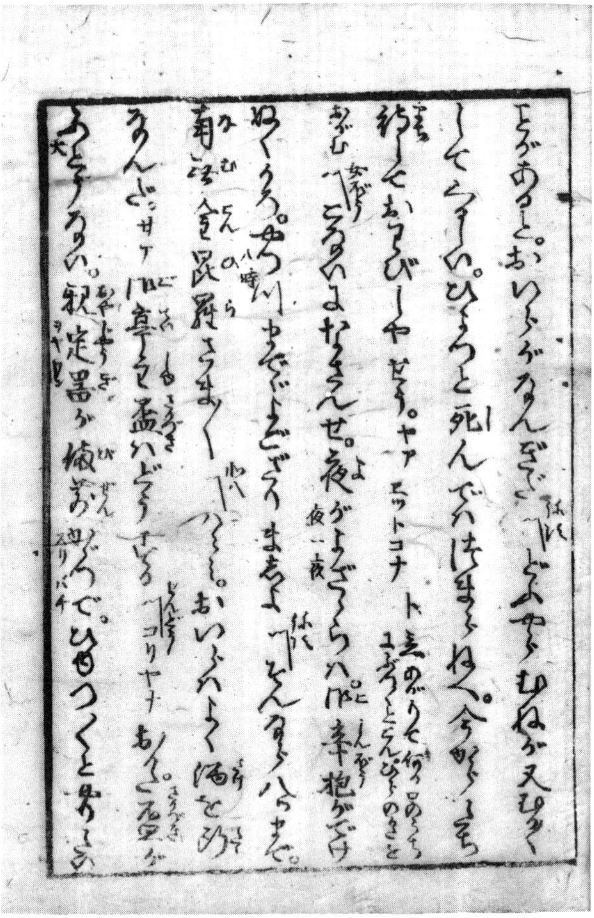

夜がよざゝら 【物】よひとよといふ事を、畿内にて。よがよさゞらと云。

やつつ 八ツの刻。午前三時ころ。

断なんだ 断ち物にしなかった。

オヤワン 大形の椀。

かがつ 焼き物。

ひゆつくと さっさと。

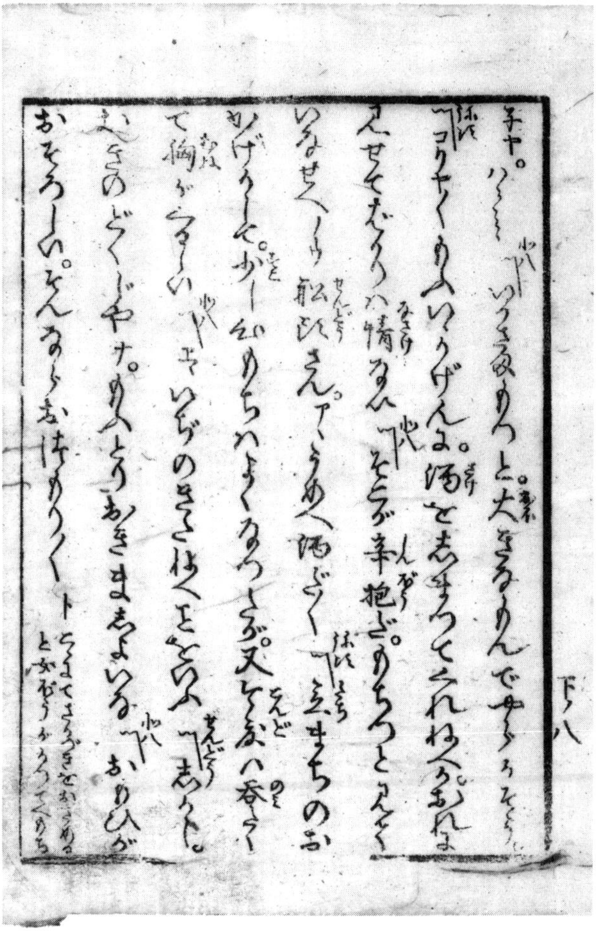

いかさま　いかにも。なるほど。

やらかす　「やる」の俗な言い方。

とりおく　取りかたづけする。

おつもり　その盃かぎりでおしまいにすること。またその盃。

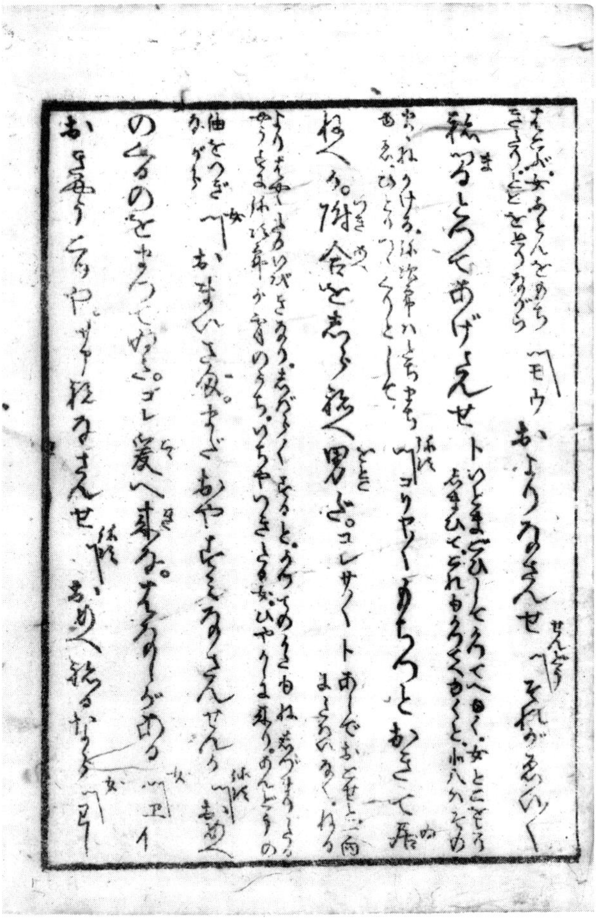

つゝくり　ひとりじっとしているさま。

宵のうち　日が暮れて間もないころ。

いちやつく　男女が仲むつまじげにふざけ合う。

ひやかし　素見。ここではからかうこと。

おきようこつ　かるがるしいこと。

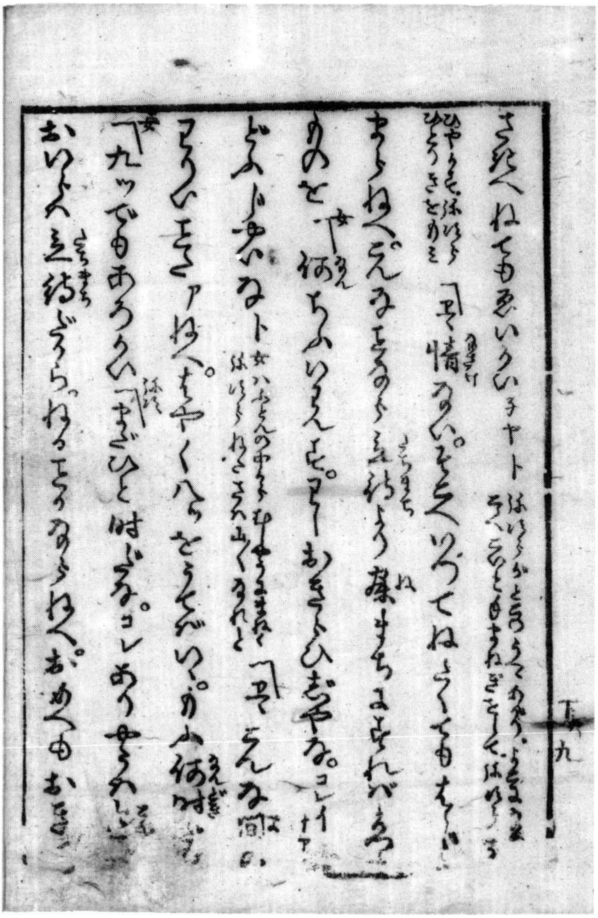

九ツ　午後十二時ころ。
ひととき　二時間。
ありやうは　実際。本当のところは。

飯くへと
野らの
子を呼ふ
はるにかな
喜多川
月麿

苗代に
杏の
下へ
ぬかりけり
感和亭
鬼武

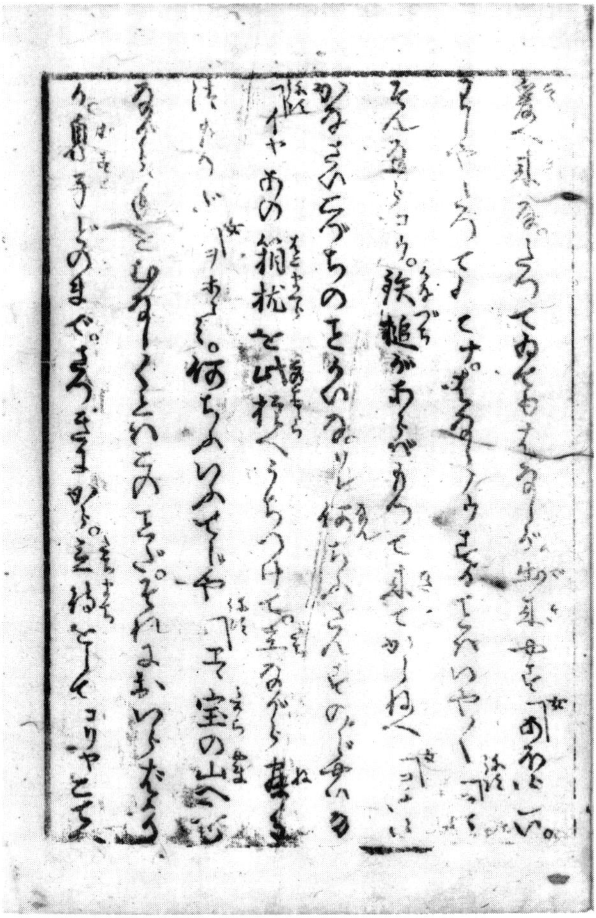

かなさいこづち 【物】 柊模 さいづち 。西国及四国にて。さいこづち。又鉄槌を奥州にて。かなさいづちと云。

宝の山に入りながら手を空しく帰る よい機会にあいながらその望みを達せずに終わる。

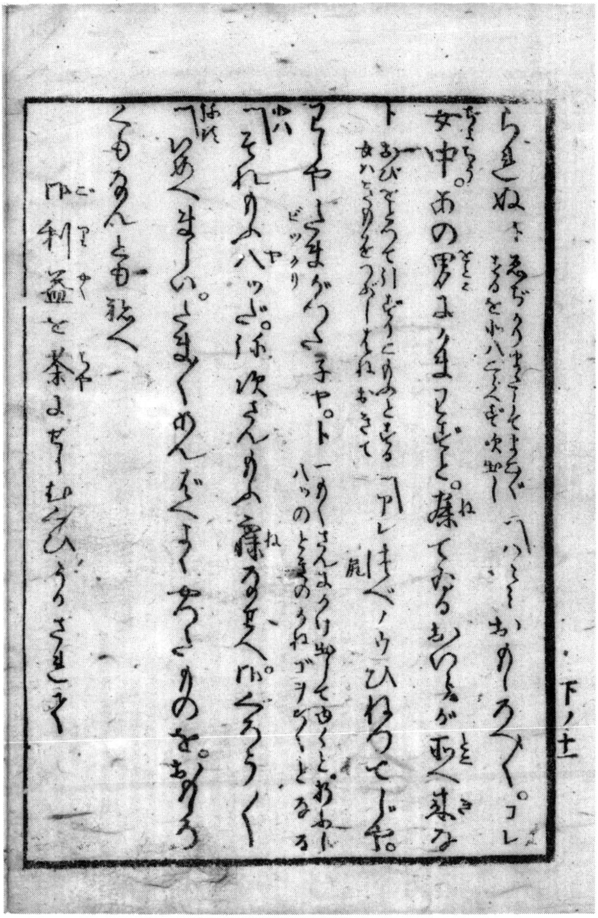

ゑじかりまた　股にハレモノができているような歩き方。ガニ股。

まこく　まごまご。

つべ　【物】尻　しり　備後にて。こつべといふ。伊予にて。つべといふ。

たまがる　【物】物に驚くことを、薩摩にては。たまがると云。

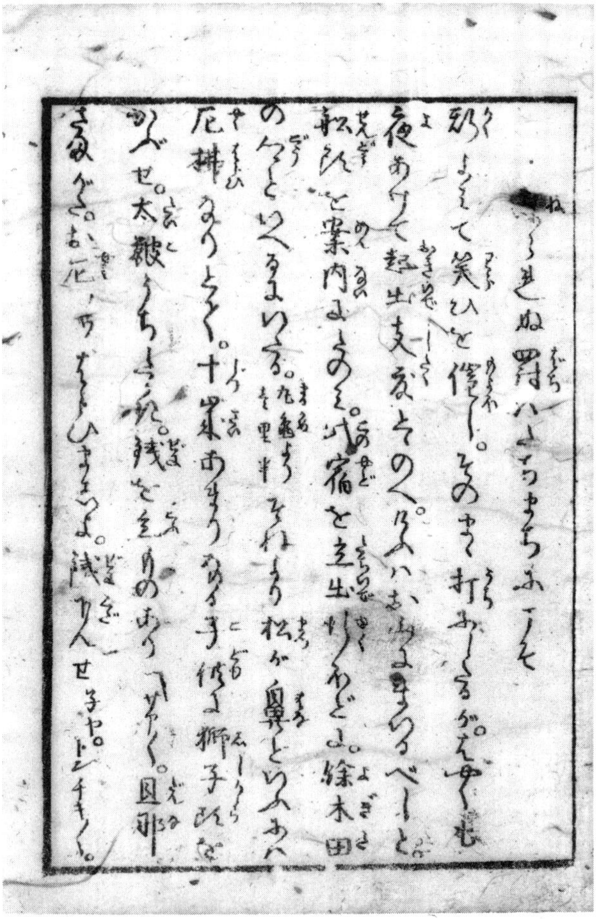

餘木田の郷　現在の善通寺市与北町あたり。

松が鼻　挿絵あり（二十・二十一ページ参照）。

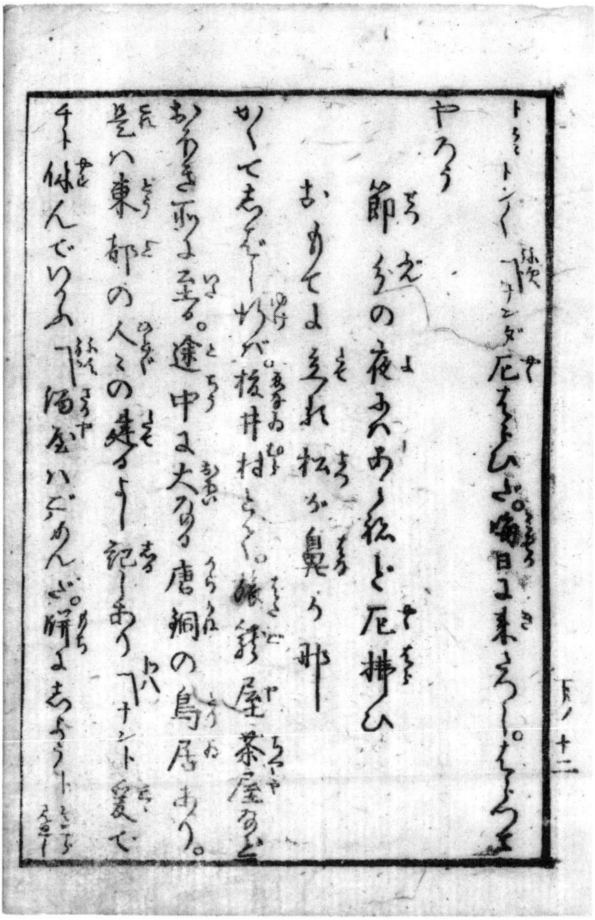

晦日に来さつし　今はだめだ。

榎内村　現在の琴平町榎内。

唐銅　銅・錫などを主とする合金。

ナント　どうだ。呼び掛け。

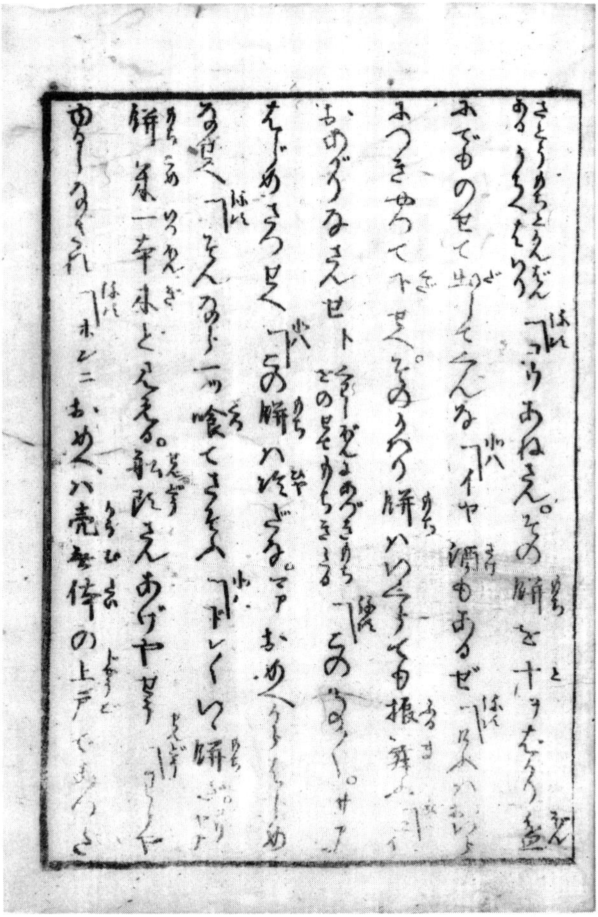

くわしぼん　菓子盆。

一本木　純粋でまじりけがないこと。

殻無体　からむたい。全くむちゃなさま。

上戸　酒を好む人。

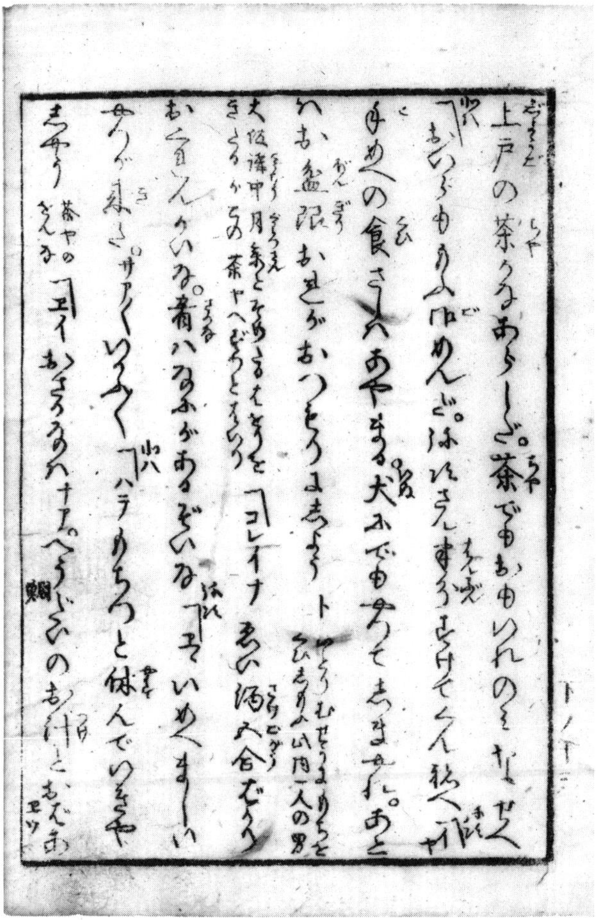

茶かなあらし　さかなあらし（酒宴で大量に飲食をする人）の洒落。

おもいれ　思いきり。

すける　たすける。手をかす。

へうだい　【物】棘鬣魚　たひ　土佐の海に。へうだいと云。

えそ　【物】恵曽　えそ　今按に、土佐の国の俗この魚を。おばあと云。

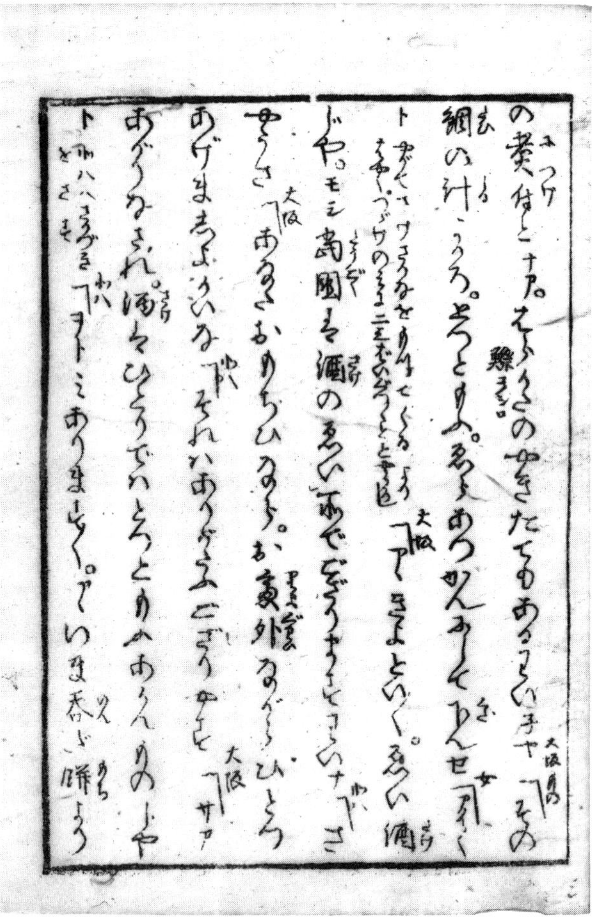

はらかた　【物】鯆魚　このしろ又土佐の海に。はらかたと云魚有。

とつと　ここでは、本当に。まったく。

きよとい　おそろしい。ここでは、うまい。

もちいひ　もち。餅。

お慮外　失礼。ぶしつけ。

とっともふ　はなはだ。まったく。

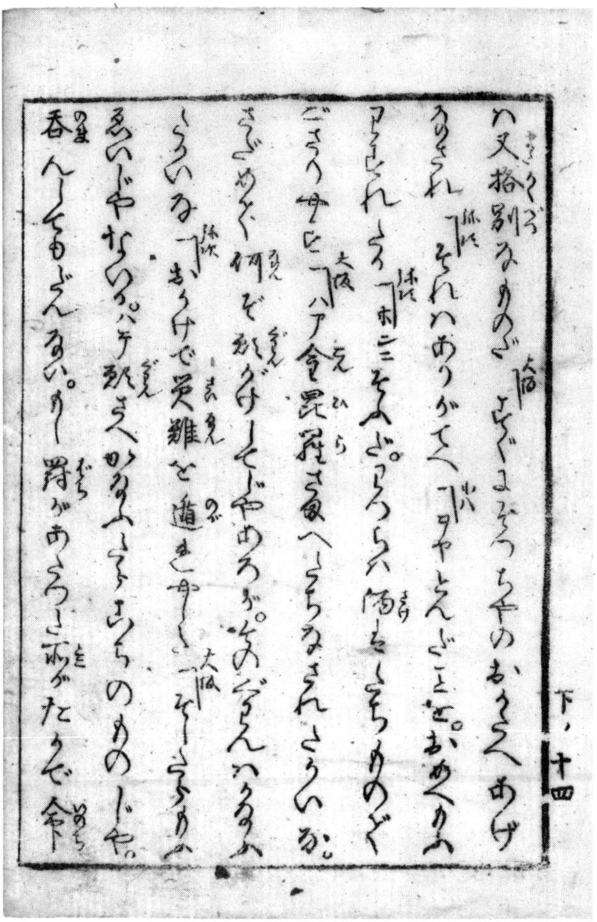

だんない　かまわない。さしつかえない。

たかで　せいぜい。たかだか。

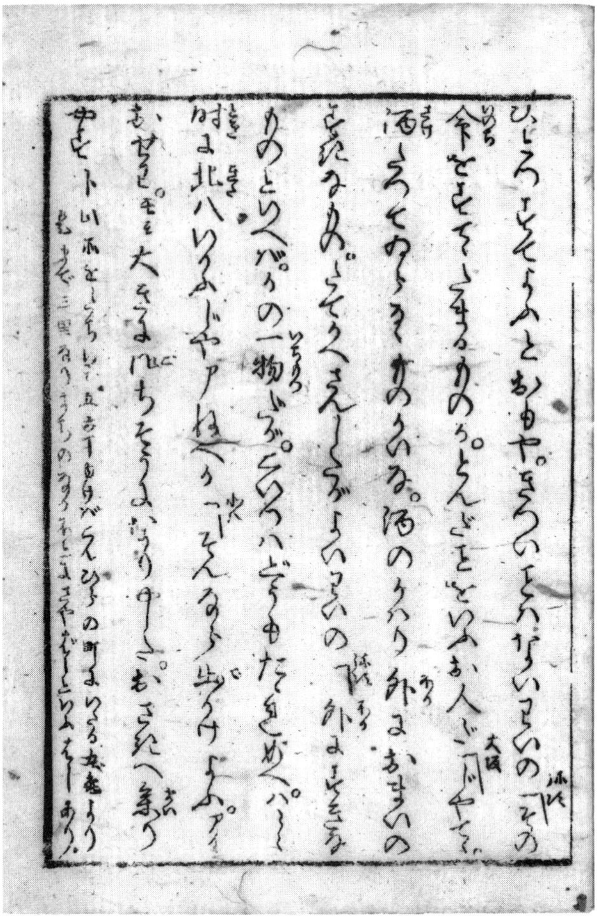

一物　たった一つの物。ここでは色事の意。

五六丁　一丁は約百九メートル。

さやばし　鞘橋。

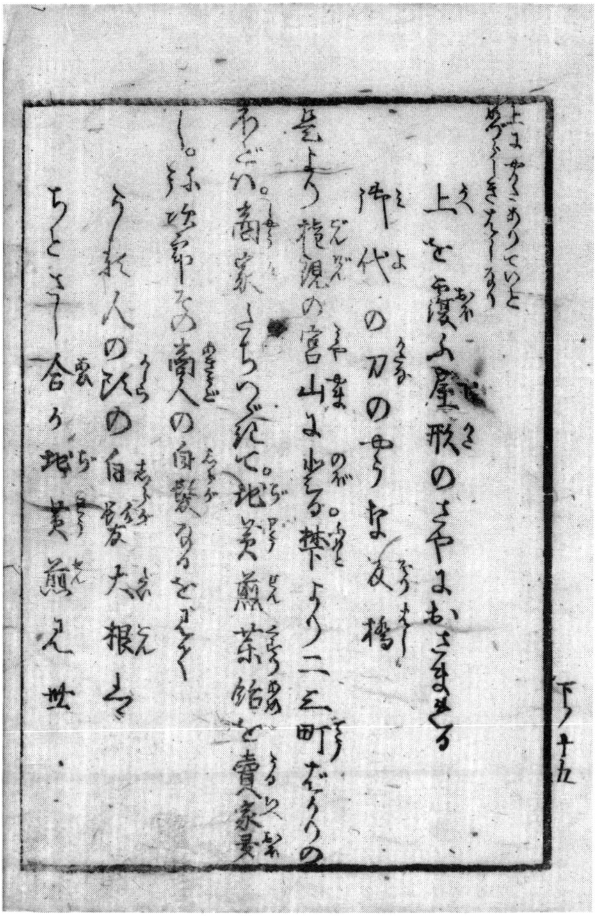

地黄煎　水飴。漢方で咳止めに用いた。ぎょうせん。

さし合　連歌などで規定以上に語が近ついていること。

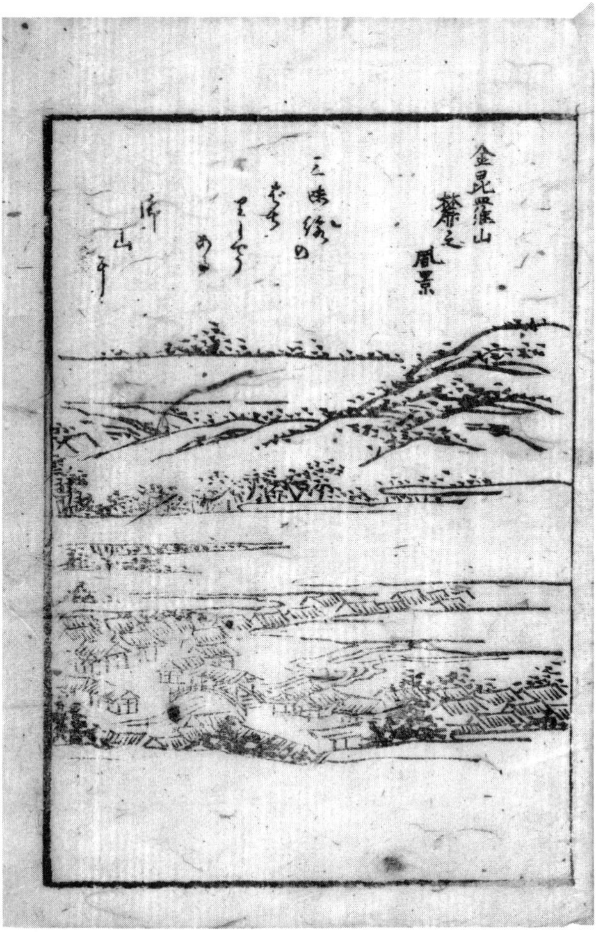

金毘羅山
麓之
風景

三味線の
ばち
りしやう
ある
御山に

ねがひの
いとを
かけて
祈らむ
春秋亭
仲佳

於て仁王門より八十五六町の坂をのぼりて本
社にいたる。その荘厳いとたふとく。拝殿は檜皮葺
にしていかめしく。奇麗殊にいはんかたなし。先広前に
額突奉りて。
十寄盤に遊せし人も神徳の
おもさへ志らぬ象頭山の
此山より海上の遠く浦々郷々一望の中に
見えわたりて。風景いふもさらなり。斯くて下向の道を

広前　本殿の前の広い場所。
奉りて　謙譲の語。

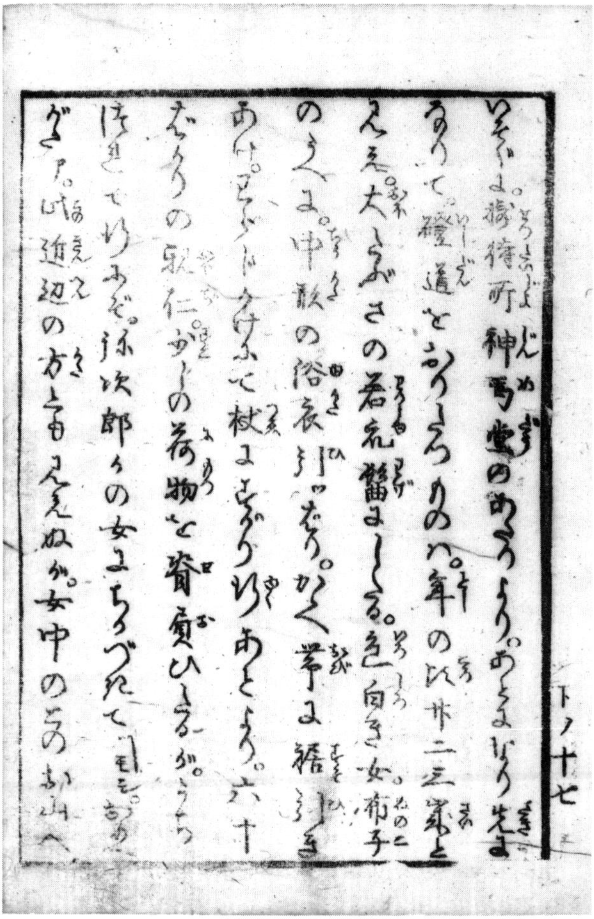

大たぶさ　髪の毛を頭上に集めて束ねたところ。

若衆髷　【物】髪の結い目を京にて。わげという。江戸にて。まげという。

布子　木綿の綿入れ。

中形　染め模様の名。

かかえ帯　腰帯を前に結ぶ。

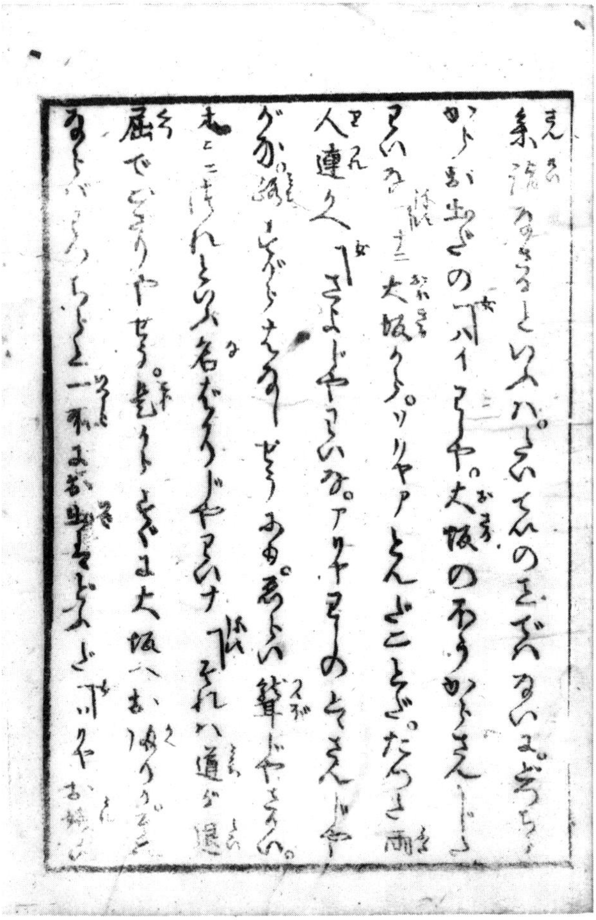

たいていの　ありきたりな。普通の。

路すがら　道中。

聾　聴力の弱い人。

さかい　【物】畿内近国の助詞に。さかひと云詞有。関東にてからといふ詞にあたる也。

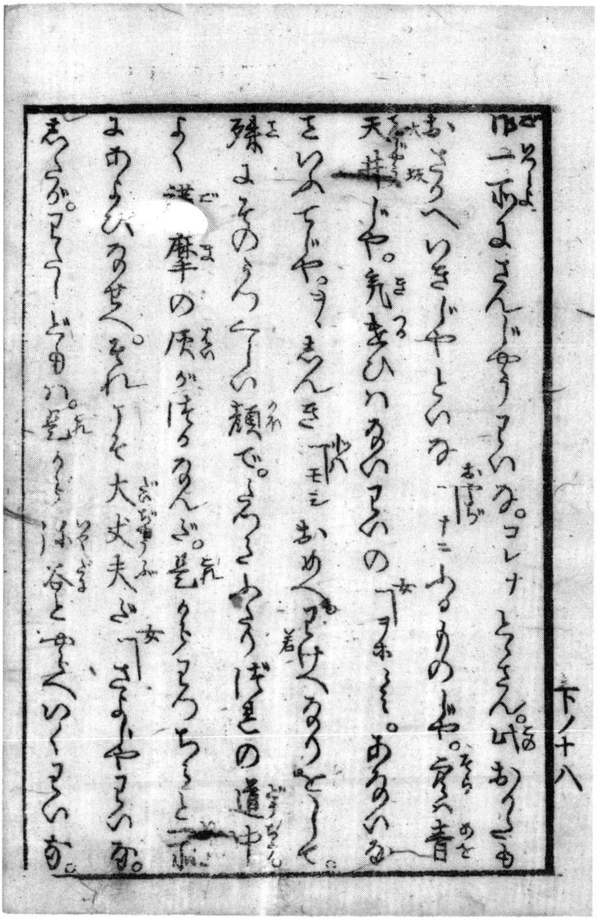
下ノ十八

青天井　晴天。

しんき　もどかしい。じれったい。

ごまのはい　護摩の灰。【物】ぬすひと　かたり　東海道及中国にて。ごまのはいという。

あよび　歩く。

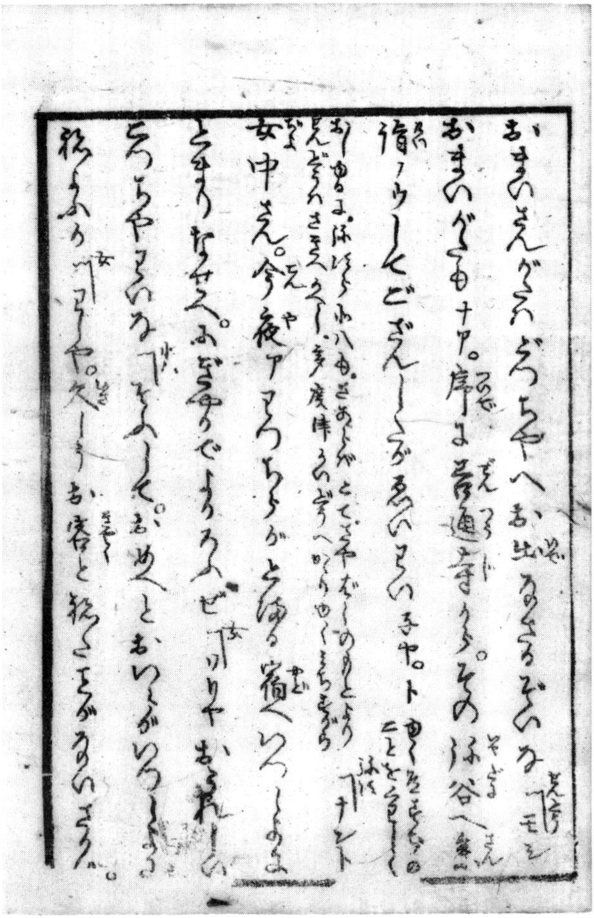

多度津かいだう　多度津港と金毘羅宮を結ぶ街道。

おうれしい　形容詞に「お」を付けて丁寧に言う。

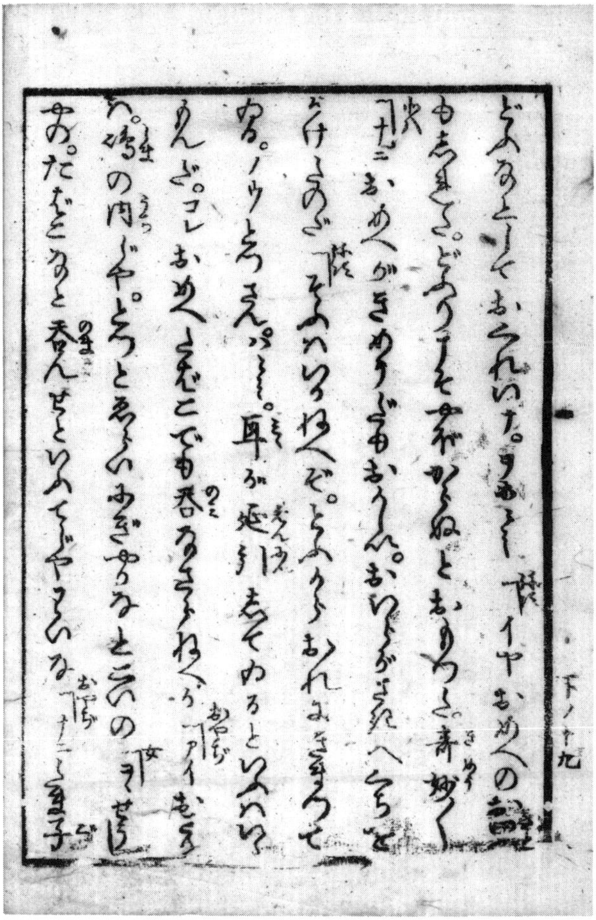

どうなと　「どうでも」に同じ。

おさとが知れる　言葉づかいや動作などから、その人の育ちや経歴がわかる。

やぼからぬ　洗練されている。

どうりこそ　「どうり（道理）で」に同じ。

延引　えんにん。ここでは耳が遠いこと。

嶋の内　大坂府中央区。江戸時代には岡場所もあった。

とつと　とても。ずっと。

せうし　笑止。おかしなこと。

ゑらい　【物】大いなる事を五畿内近国共に。ゑらいといひ又。いかいと云。

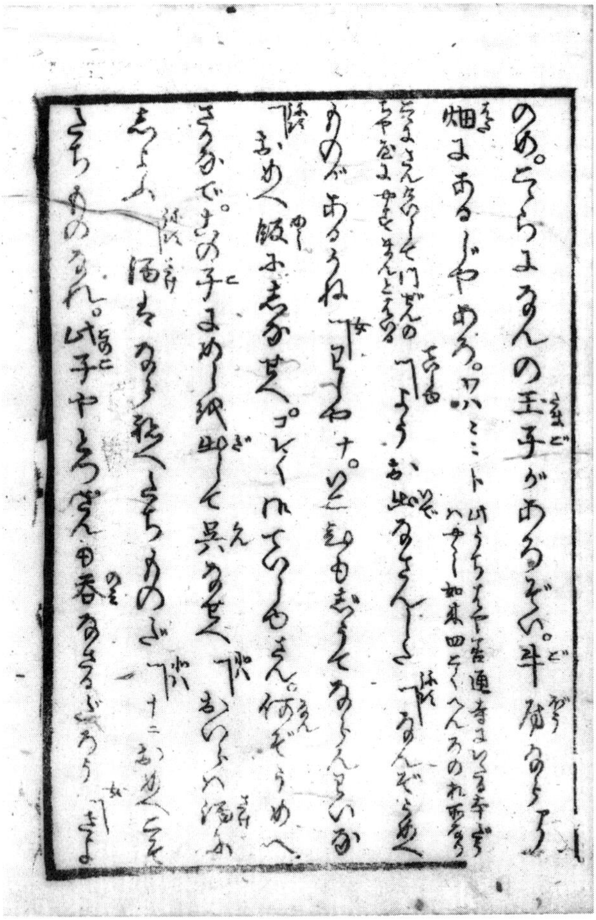

玉子　「たばこ」の聞き間違い。

たちもの　神仏に願をかけて、叶うまで止める飲食物。

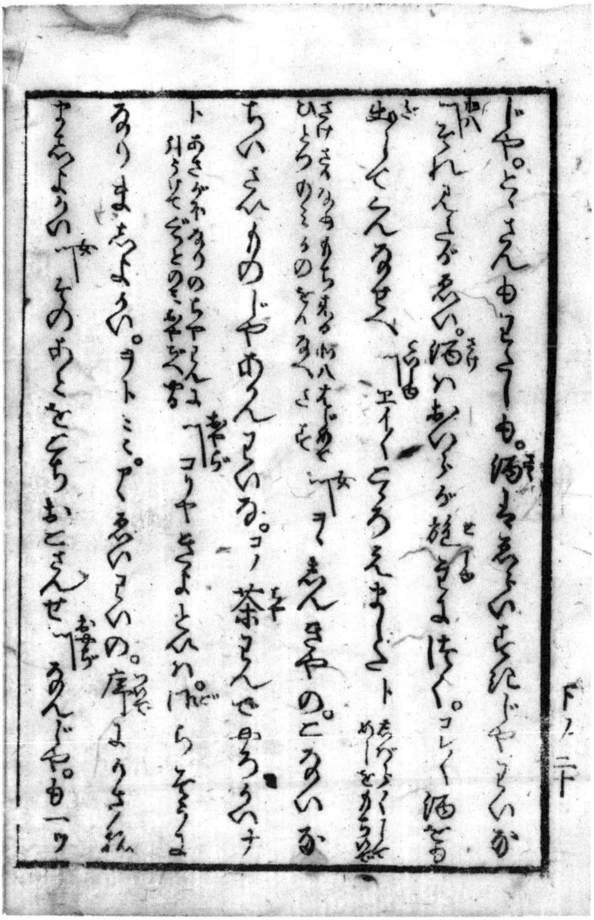

ささ　酒をいう女房詞。
施主　主人役。
きよとい　おそろしい。ここでは喜ぶ気持ちを表す。

ゆた〳〵と舩は
さはかぬ象頭山
はなより
首のたるゝ
たうとさ

壷玉亭
唐子文頼

海上を
安全に

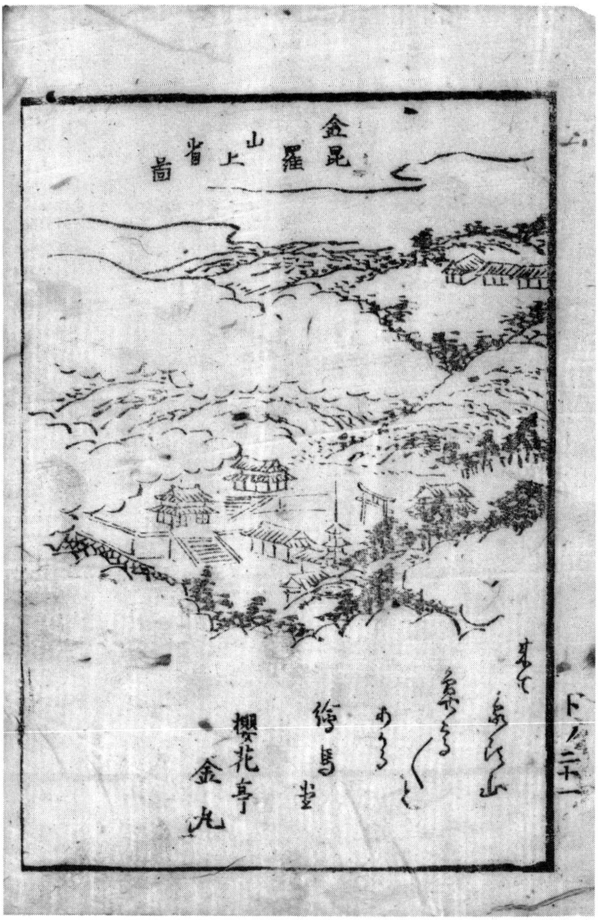

図省上山羅毘金

来て
象頭山
鼻高〱と
あかる
絵馬堂
桜花亭
金丸

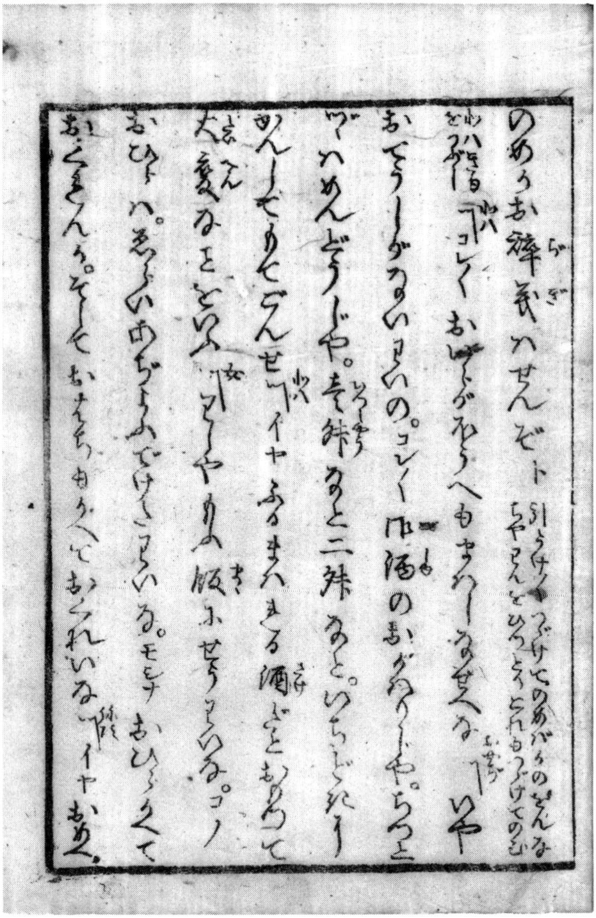

お辞儀　遠慮。

一升　約一・八リットル。

おひら　御平。平椀の中に盛った料理。

あぢよふ　うまく。上手に。

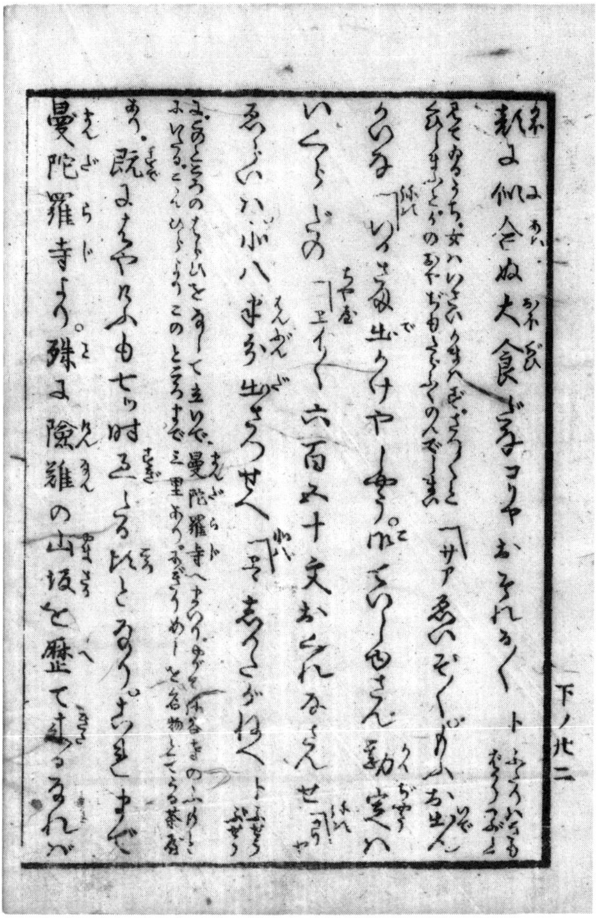

いかさま　いかにも。もっともだ。

七ツ時　午後四時ころ。

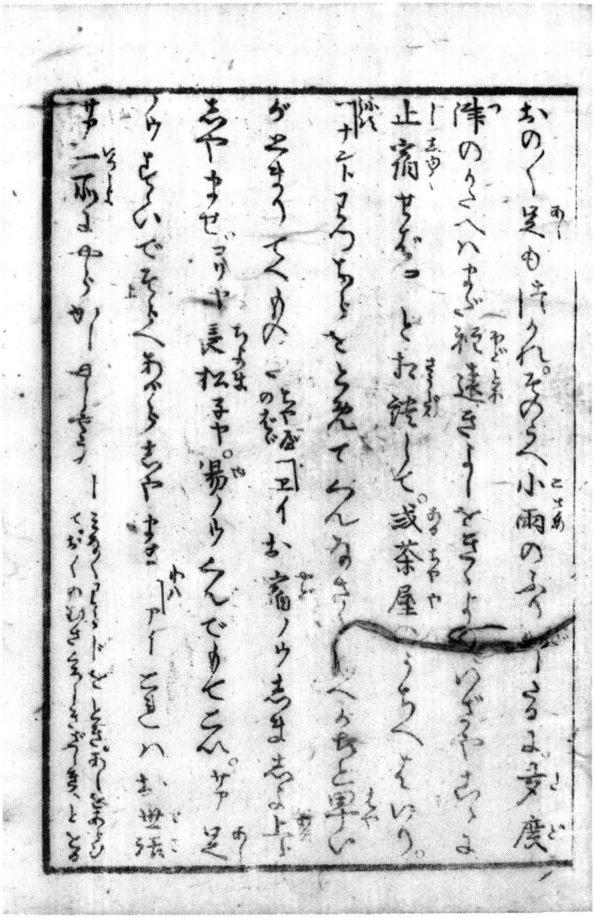

なんと　どうかな。挨拶の語。
長松　茶屋の子ども。
そら　上。ここでは部屋。
おせわ　御やっかい。

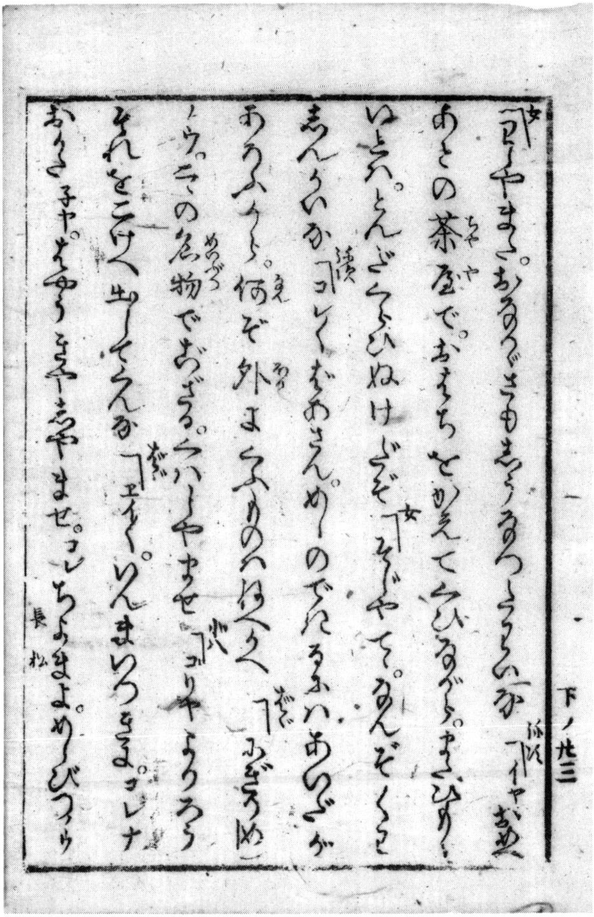

女「コレやまア。おめのつらもさもしくなつたらいか　旅人「イヤおめへ
あすこの茶屋で。おまちとかえてくひあげたら。まさひまりく
ねえ。とんだくらひぬけだぞ　女「そりやて。なんぞくさ
きんないか　後家「コレくおかさんめのでたるふいあのづが
あるふくら。何ぞ外よくふりのかけへく　後家「みなさんめ
ノウ。こゝの名物でおざる。くハしやませ　旅人「ゴリやよろしう
それをこけへ出してくんな　後家「エイく。いんまいつきにゴレナ
おかさ子や。まありこりやこりやませ。コレちよつとまよめしびつゆ　長松

下ノ廿三

さもしい　見苦しい。ここでは空腹になる。
くらいぬけ　大食漢。大酒飲み。
こけへ　「ここへ」の訛。
いんま　今。
いつきに　すぐに。
おかた　【物】妻　つま　仙台にて。又をかたといふ。ここでは嫁か。

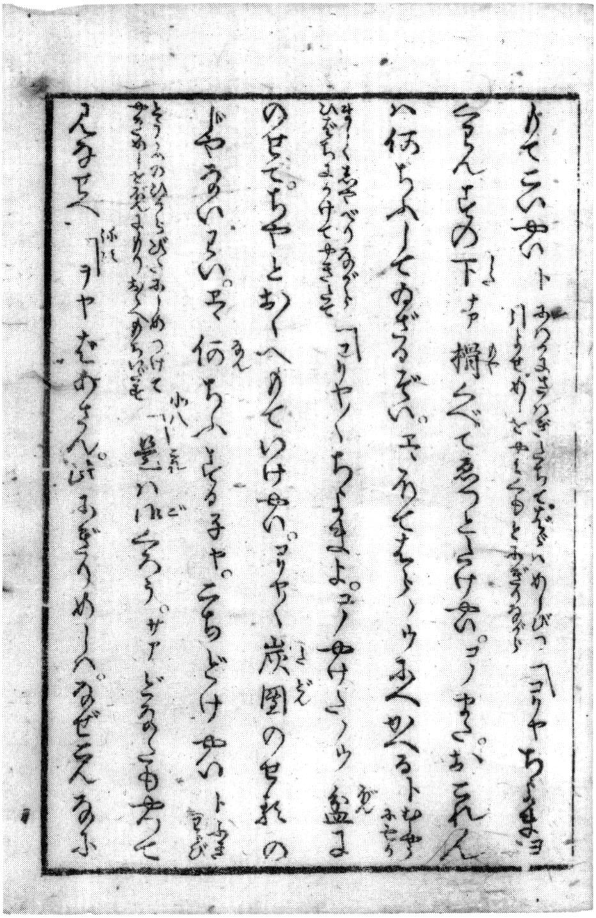

やみくも　前後のみさかいのないさま。ひたすら。

くわんす　【物】釜　かま　又江戸にて云ちやがまを。畿内及ヒ西国にて。くわんすと云。

をこれん　【物】息女　むすめ　奥の南部にて。をごれんといふ。越後ノ高岡、長岡にて。をこれんといふは他（ひと）の妻女を云也。備前なともをなし。

榾　ほた。薪にする小枝や木の葉。

ちやと　すばやく。さっと。

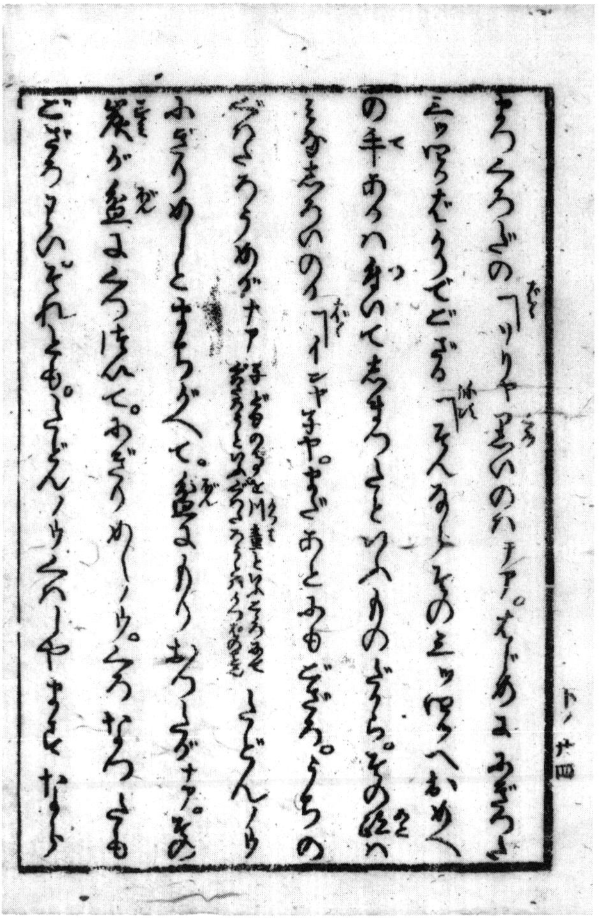

ぐはたろう　【物】川童　がはたらう○畿内及九州にて。がはたろう又。川のとの又川童と呼ぶ。

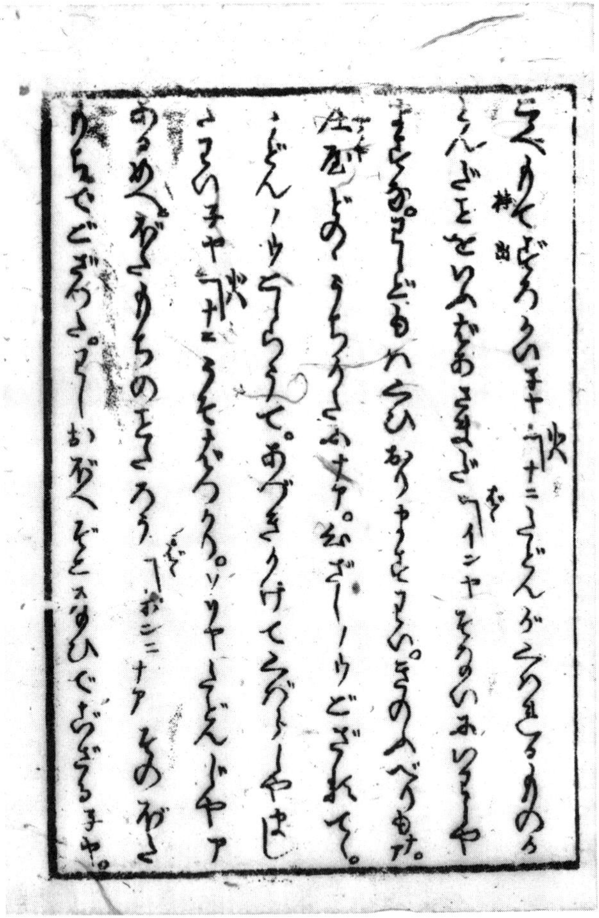

もてずる　持ってくる。

きのふべり　昨日。

心ざし　贈り物。配り物。

てゝ　「といって」の訛。

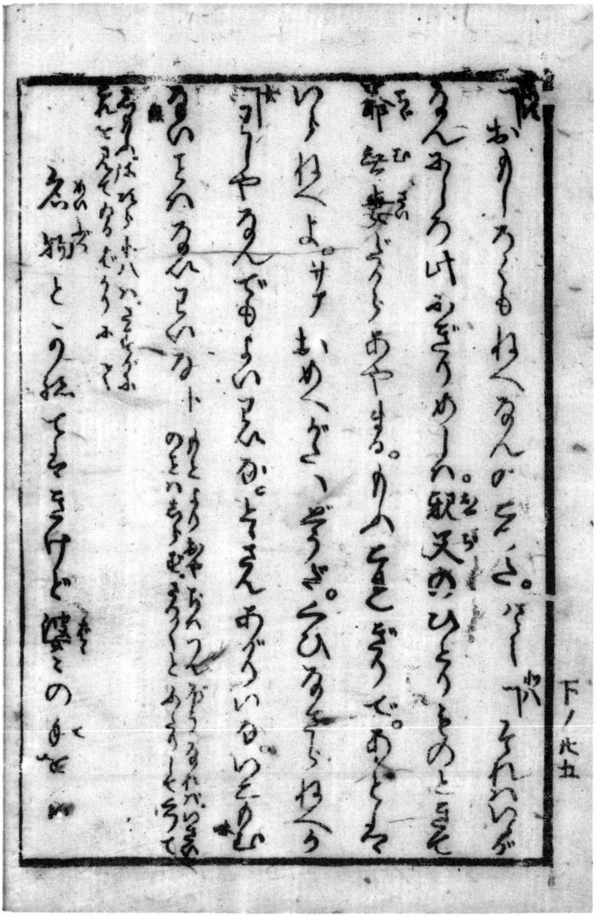

爺無妻　不潔で汚らしい。むさ苦しい。

もむない　意味がない。まずい。

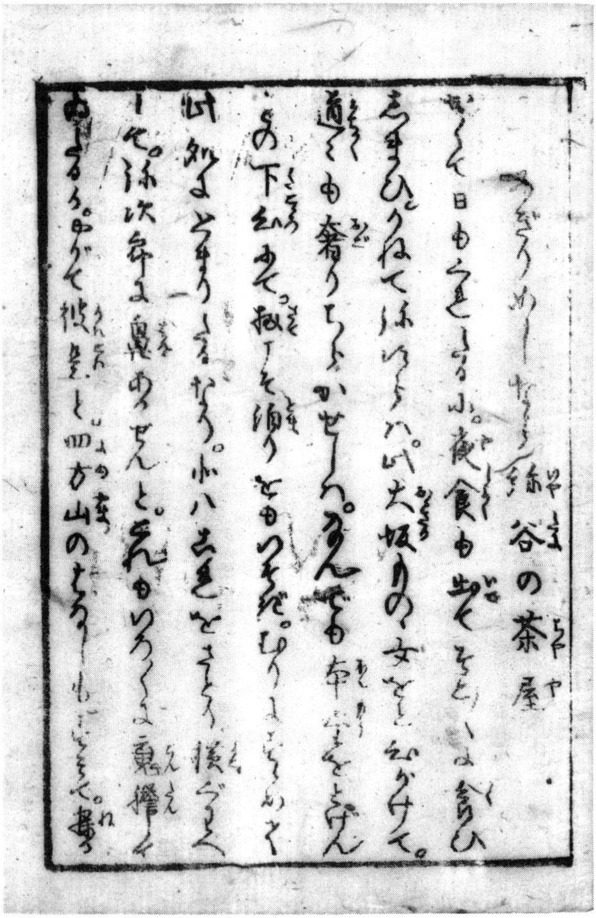

横ぐわへ　横取りする。

鼻をあかす　出し抜く。

こんたん　魂胆。計略をめぐらす。

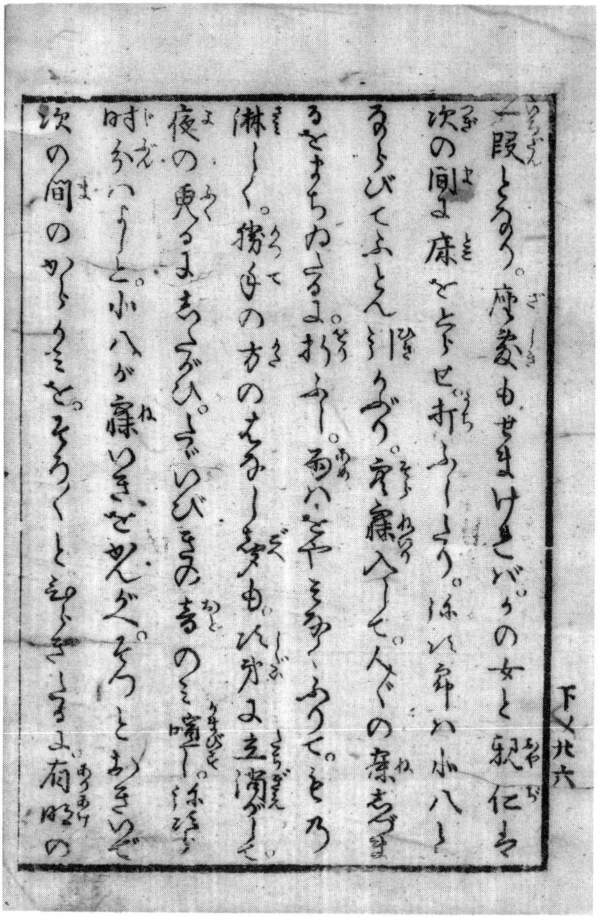
一段よろし。座敷もせまけれバ。かの女と親仁を
次の間に床をとらせ。打ふしけり。弥次郎は小八と
ならびてふとんひきかづり。そら寝入して。人々の寝しづま
るをまちかぬるに。折ふし。雨ハざや〳〵とふりて。もの
淋しく。勝手の方のものおとも。次第に立消がして。
夜の更るにしたがひ。たゞいびきの音のみ嘯し。ほどなく
時分はよしと。小八が寝いきをかんがへ。そつとおきいで
次の間のかやをそろりとまくりあくるに有明の
下ノ廿六

有明　有明行灯。夜明けまでともしておくあんどん。

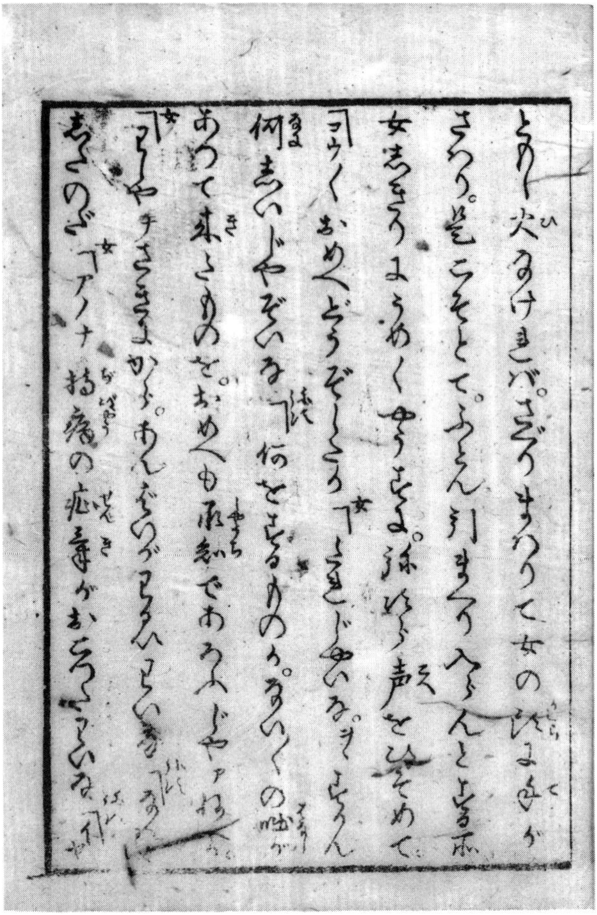

ないないの　内々の。
あんばい　体のぐあい。
疝気　下腹痛。俗に男特有の病。

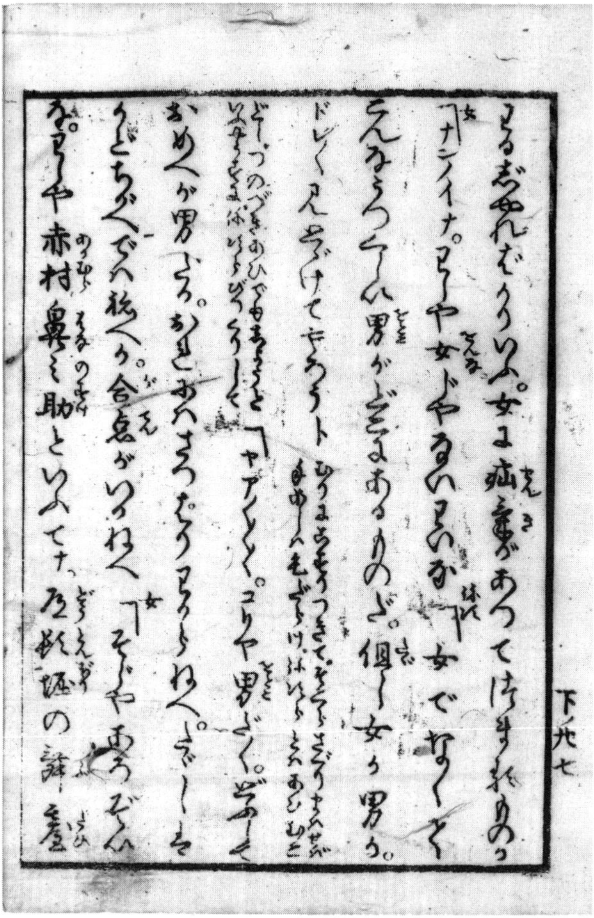

あひむこどし　男同士の夫婦。ここでは男同士。

つのづきあひ　仲が悪くて、衝突する。

かどちがへ　見当違い。

舞台子　舞台に出て歌舞をする若衆。そのかたわら売色もした。色子。

うき
旅は
けつく
はなしの
たねをまく

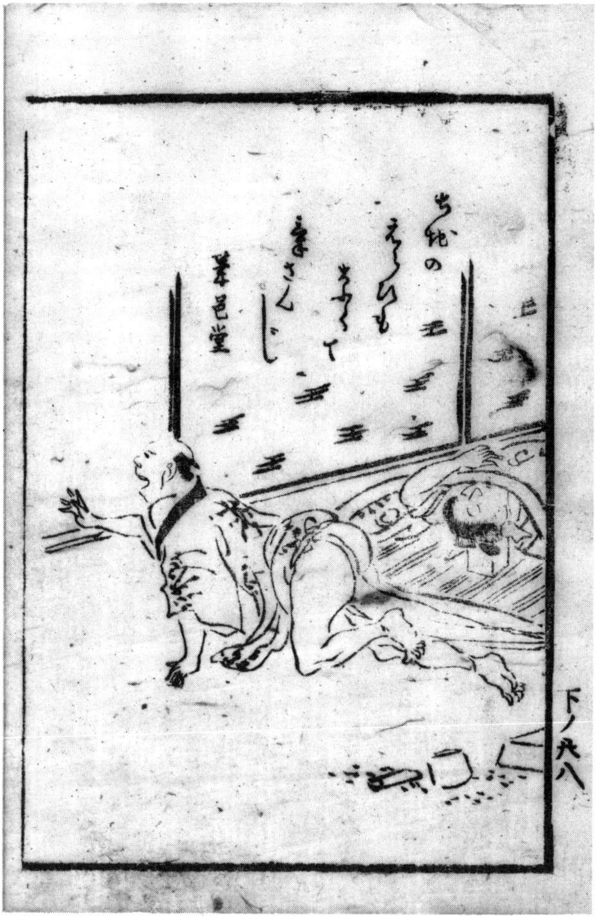
ち地の
えらひも
なくて
気さんじ
栄邑堂
下ノ廿八

土地の
えらひも
なくて
気さんじ
栄邑堂

子じやないな。去年ゑらう痔を煩ふてナがふ死
うこそへさわぎのあつちやあつたが。て[illegible]やさんハ
こうしひとり。たよりふうしておやさろい。どんびやうさまへ
ぐわんかけしておやあつたが。そのお氣がふしで。どんと
よふなつたさかい。それでおまへいまいうたさんじやのじや
すいな。[illegible]ちがゑらうひくさせつうして。又[illegible]よふ
痔がいとふて。それに持病の疝氣がおるさかい。いちど[illegible]
よおそろうて。いたい、いさどふぞこしらへておくれいな

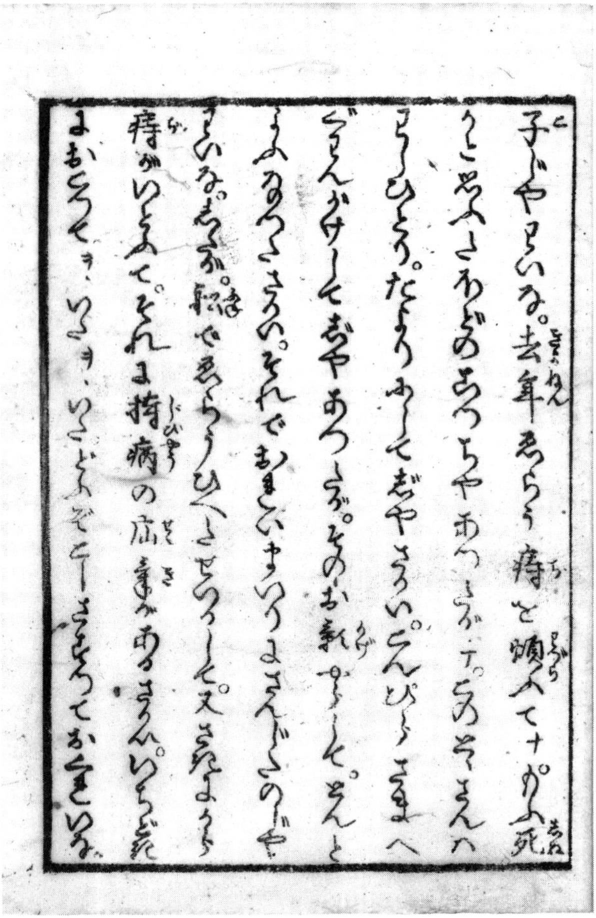

ゑらう　【物】○大いなることを五畿内、近国共に。ゑらいといひ又。いかいと云。

とんと　一向に。すっかり。

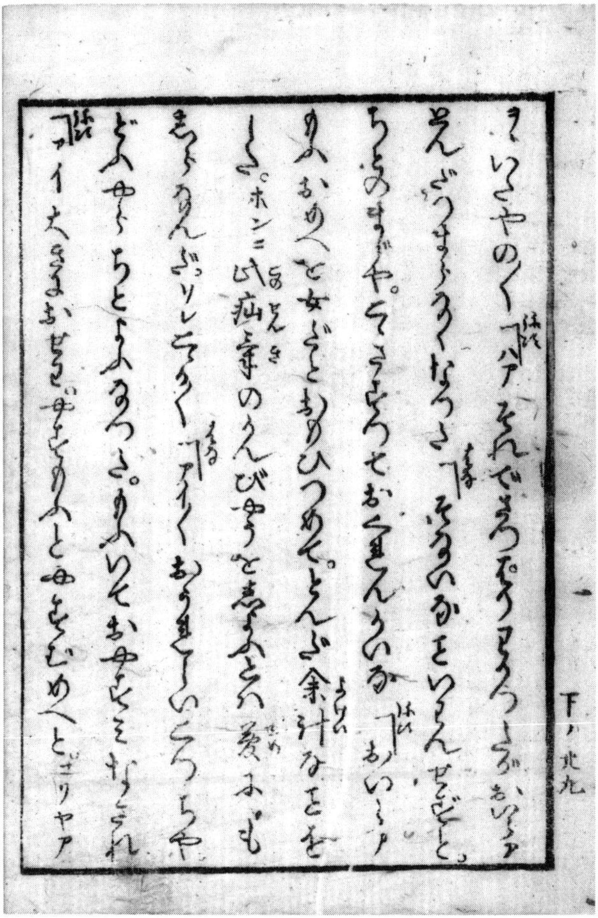

さつぱり　すっかり。

おうれしい　形容詞に「お」をつけて丁寧に言う。

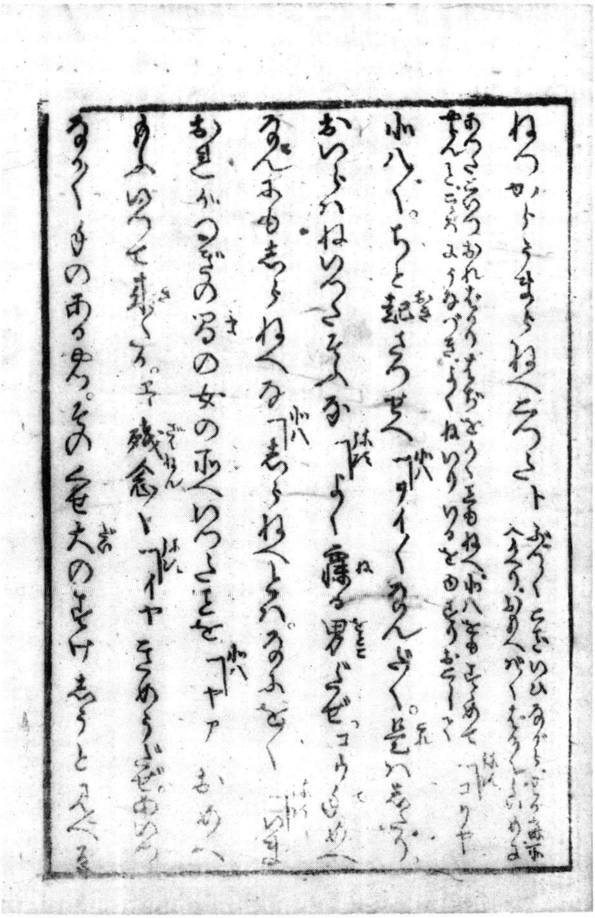

ねつから　もとから。

うまらぬ　割に合わない。

したり　ここではうまく事が運ばない時に発する語。しまった。

そうだ　らしい。

手のある　手練手管に通じている。

すけしゆう　すけべえなやつ。好色もの。

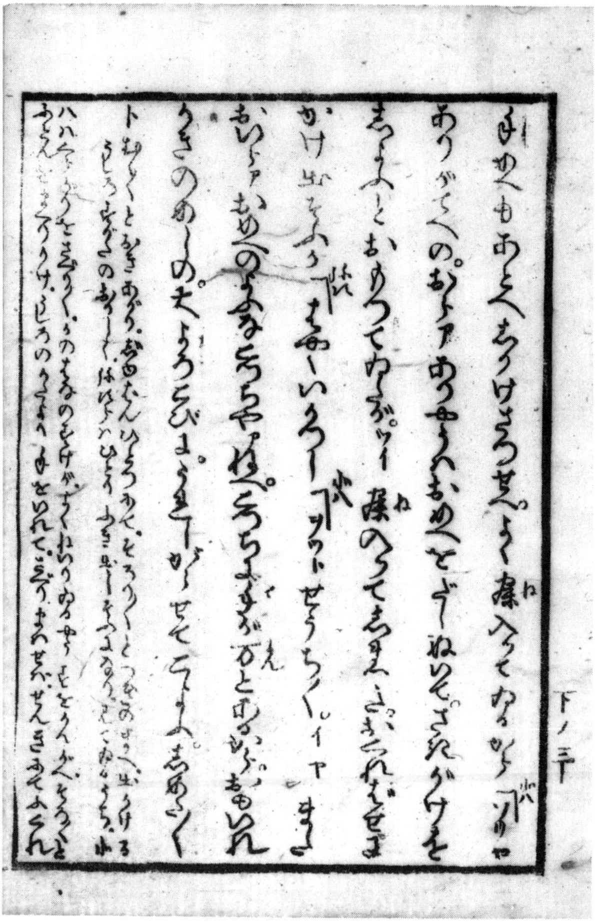

ありよう　実は。

おもいれ　思う存分。思いきり。

かきのめし　「搔く」に掛けた洒落。

じゅばん　襦袢。和服のはだ着。

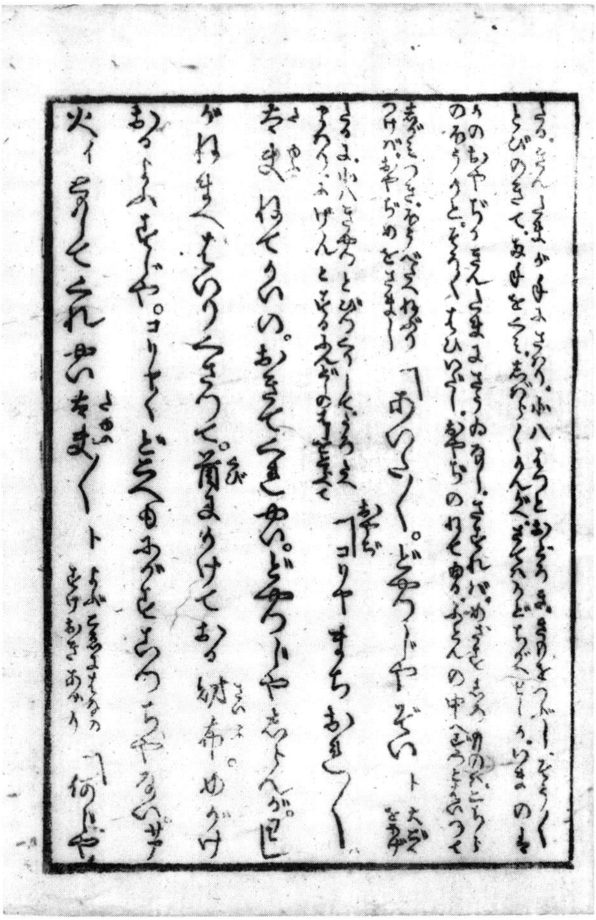

そうく　す早く。

ほうべた　頬辺。頬のあたり。

ねぶる　なめる。

大夫　遊女。

くさる　やがる。

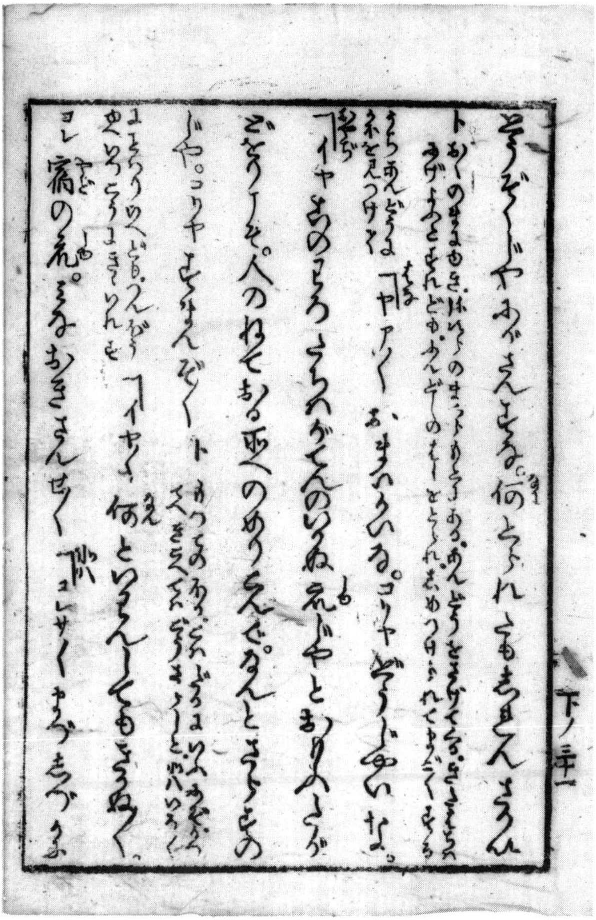

わろたち 人をののしって呼ぶ語。

ごうさらし 恥さらし。

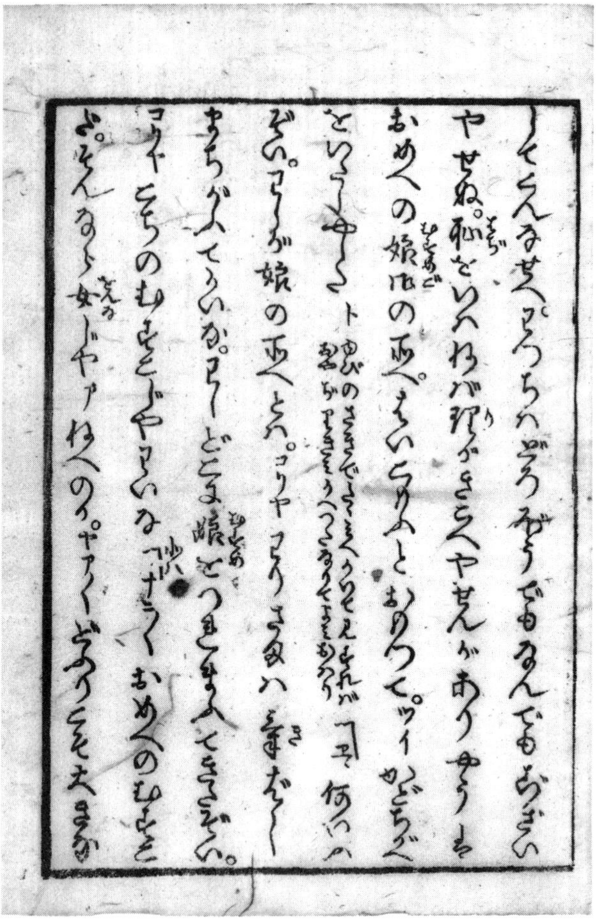

ありやうは　実は。本当は。
所ぺ　「所へ。」の誤りか。
わりさま　「われさま」の変化した語。男子が若干の敬意をもって対等以下の相手に用いる。
気ばし　気でも。

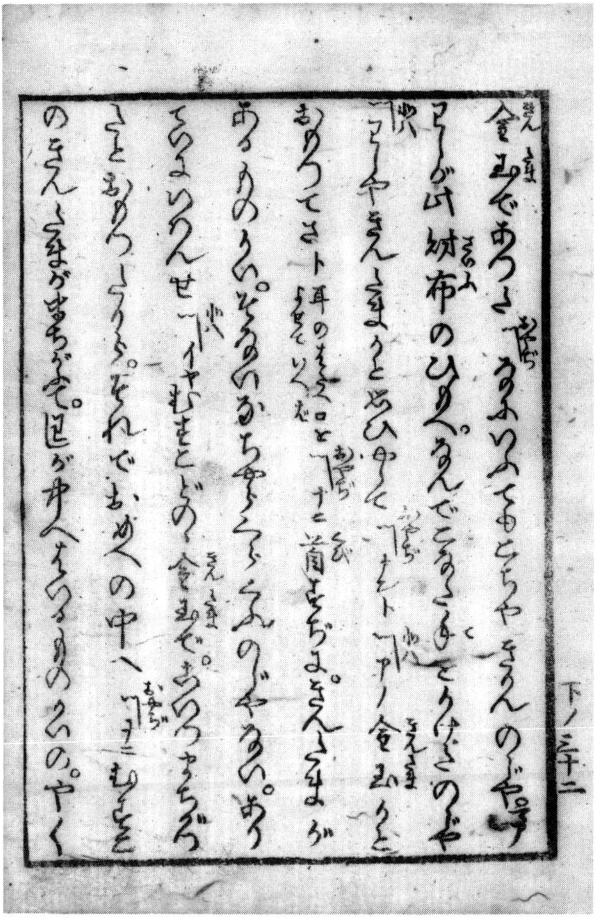
下ノ三十二

ちやらくら　うそやいい加減なこと。でまかせ。

ありてい　ありのまま。

やくたいもない　でたらめなこと。

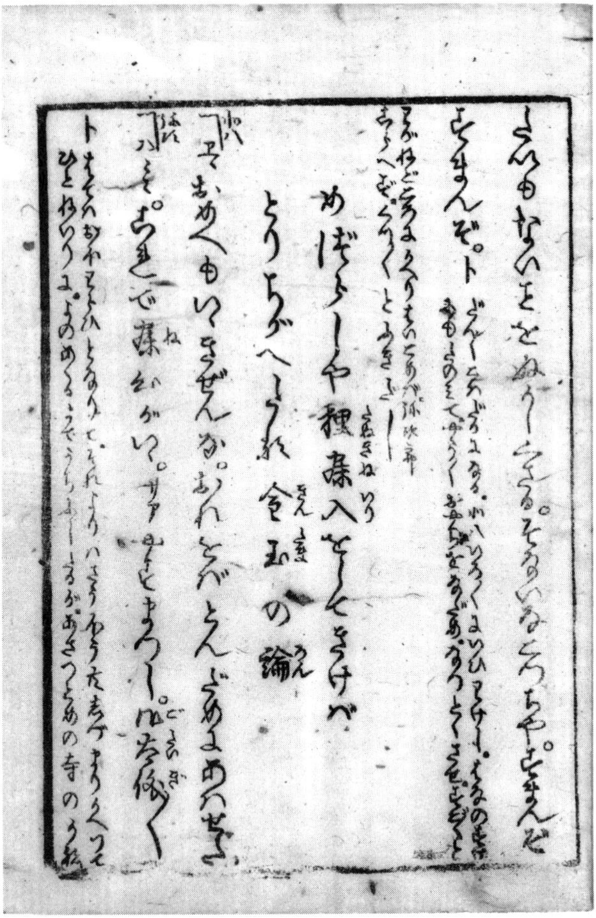

きぜんな　気前。気だて。気分。
寝心　寝ごこち。
御太儀　ご大儀。ごくろうさま。

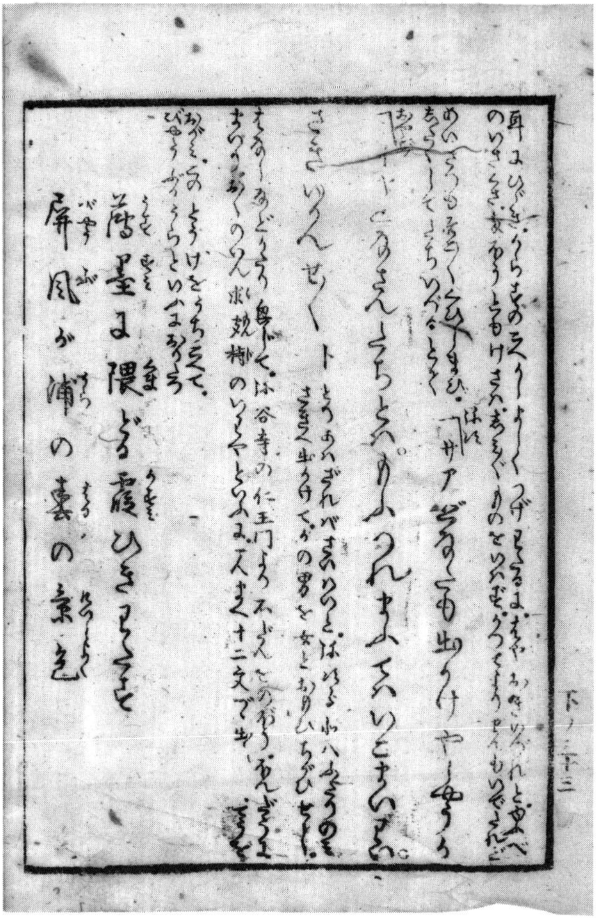

つれまふ　連れ立って参詣する。

かいてう　開帳。特定の日だけ拝ませること。

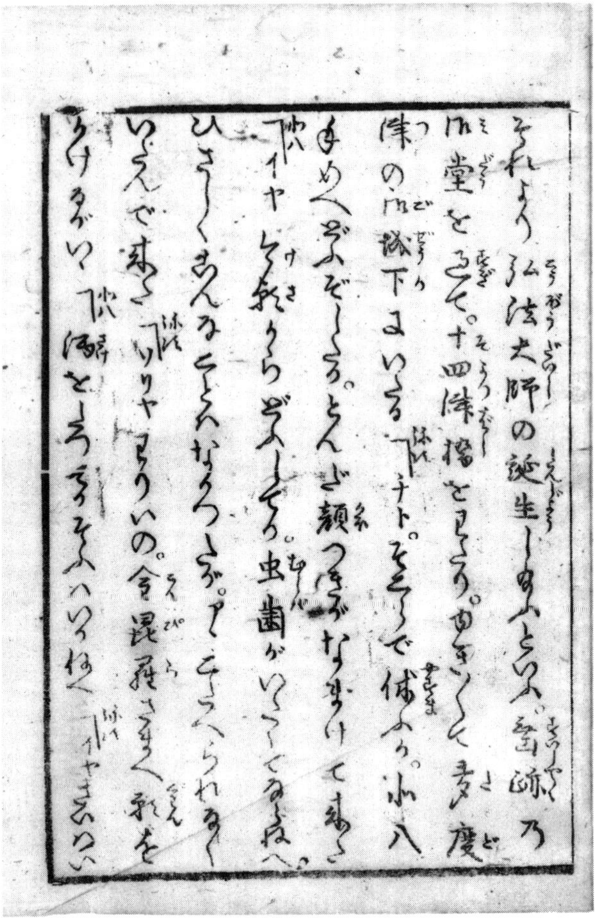

誕生し給ふ　尊敬の敬語。
とんだ　とんでもない。
なまける　元気がなくなる。

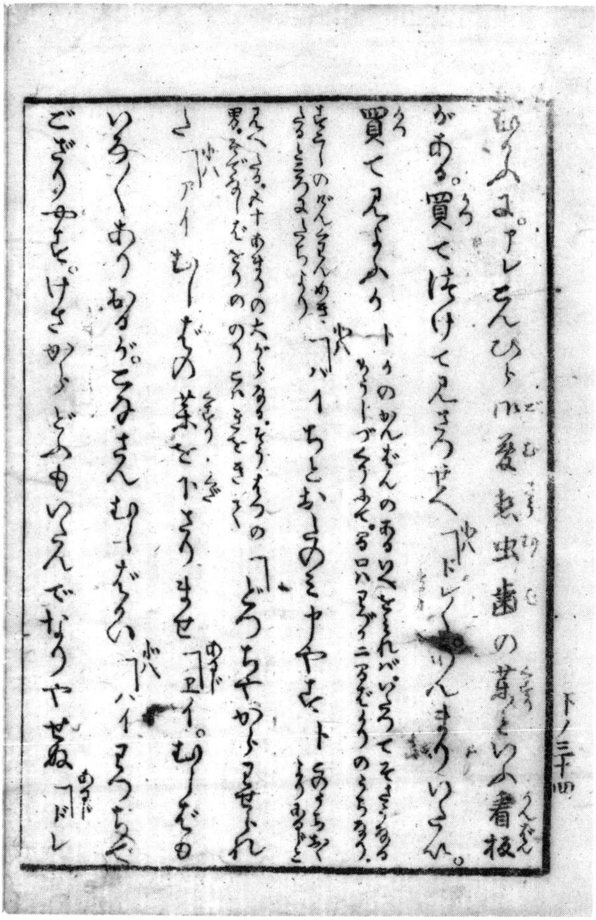

御夢想　夢で神のお告げのあること。

そさうなる　粗末な。

そうはつ　男の髪型。髪を伸ばして束ねる。医師や儒者などがする。

のりこはき　糊のよくきいた。

わせられた　おいでになった。

くんせさんせ　小八「ハイさやうなら御めんなさいやせト行

かけてそこらへんまハせバ正めんに人の総用の器をうきうきさうけがらかう

にてんぐのめんをかけて白幣にさきさすごそなへその前口中アやうな

のどうぐをならべてあり。あるじ洗あそ

のぐるちや手のやうなものをもち出「ドレ〳〵ぞどこちら〳〵へ

くちをあくんせ　小八「ハイ〳〵アイト口をあく「ハテ恐ろしう大な

くちじや。そしてひどい不掃除なくちやの。歯くそ

だらけじや。これじやどのようなをなごでもいやがるであらう

小八「さやうさ。此男ハどうも女にハきらハれます「そうじやあらう

あらそふじやあらう。虫歯ハ下なら上歯との小八「下歯

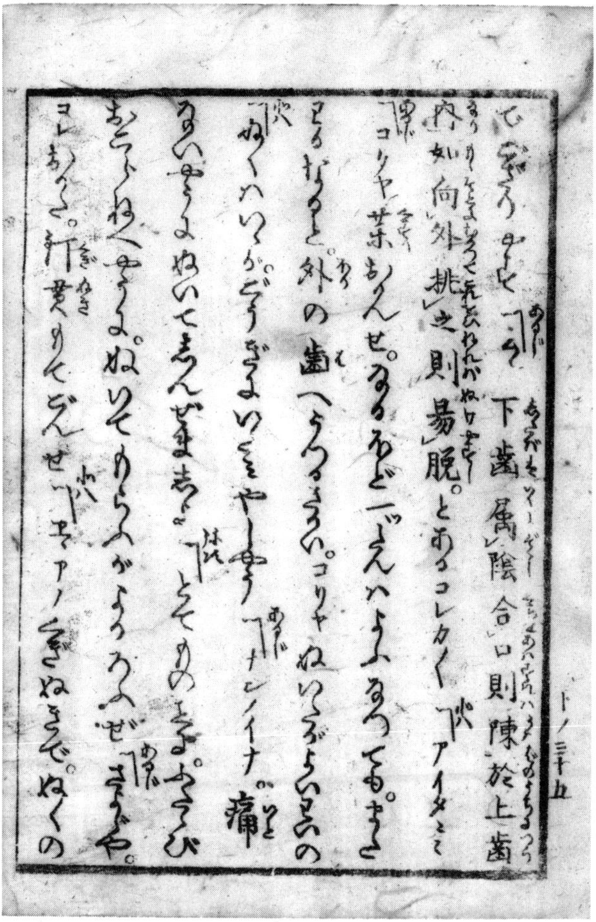

ごうぎに　豪気。程度のはなはだしいさま。

さかい　【物】畿内及近国の助語に。さかひと云詞有。関東にて。からといふ詞にあたる也。大坂で修業した讃岐の医者という立場からのもの言いか。

おかた　【物】妻　つま　仙台にて。又をかたといふ。ここでは助手としての役目を果たす者としての呼びかけか。

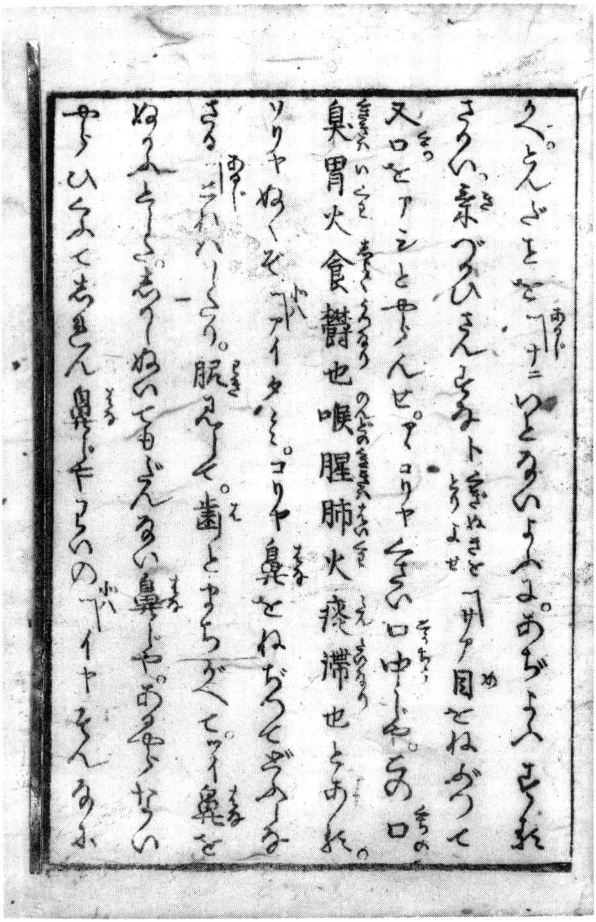

あぢよふ　うまく。上手に。
ねぶる　目をつぶる。
だんない　大事ではない。かまわない。

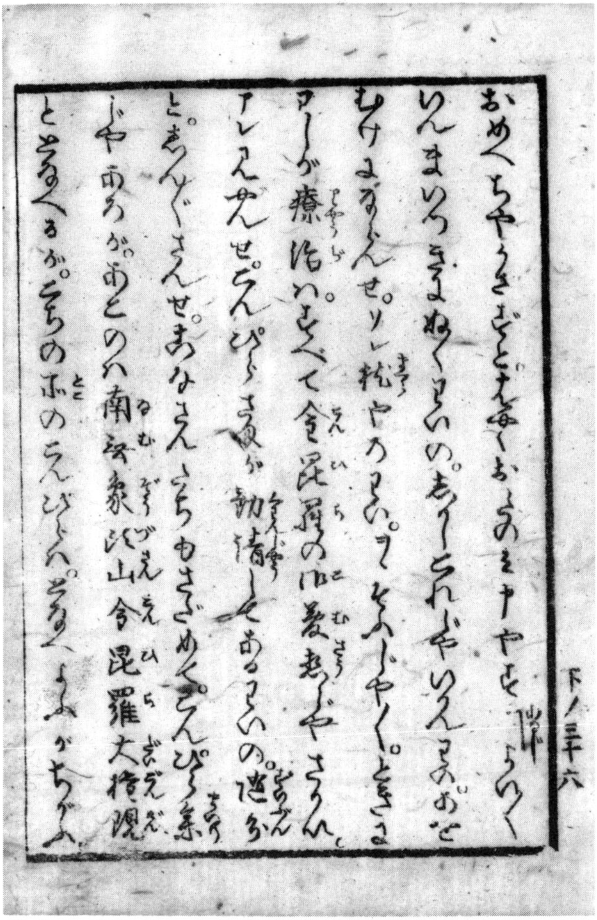
おめへちやうきおどとおなへおまへやを嘲るのく
いんまいろさまねくひいの。おりしられじやいいんこおぜ
むけよすらんせ。ソレ枕やうつい。てをふじやく。ときさ
ヲしが療治いもくて金毘羅の御蔭じやさうな。
アレこんせんせ。こんぴらさまが勧請してあるつらいの。道分
と。あんずさんせ。おなさんこちもさぶめく。こんぴら様
じや。あろうが。あとの八南無象頭山金毘羅大権現
とあるくるが。こちの床のこんぴらへ。あるく。よふがちがふ。
下ノ三十六

ちやかす　からかう。はぐらす。
勧請　神を迎えること。

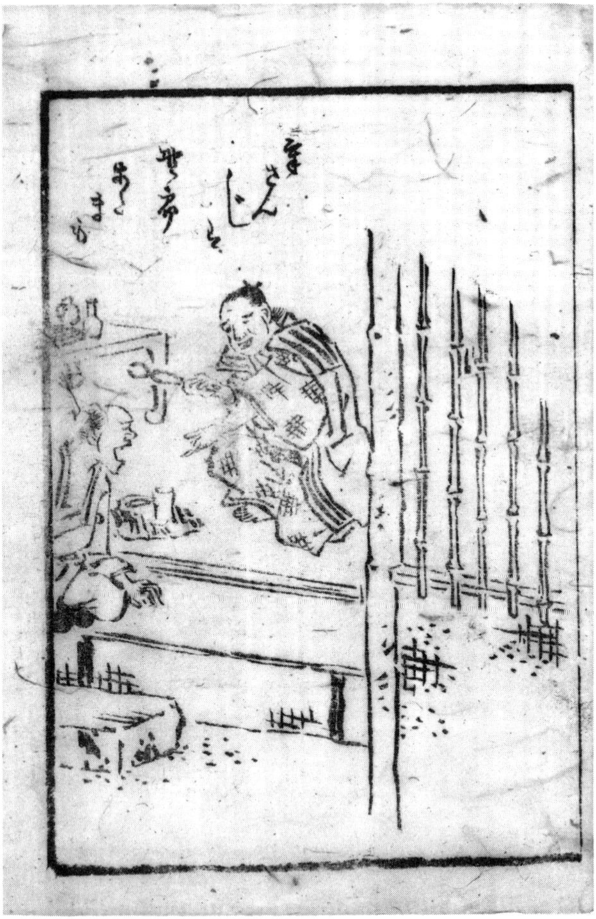

気
さんじは
野郎
あたまも

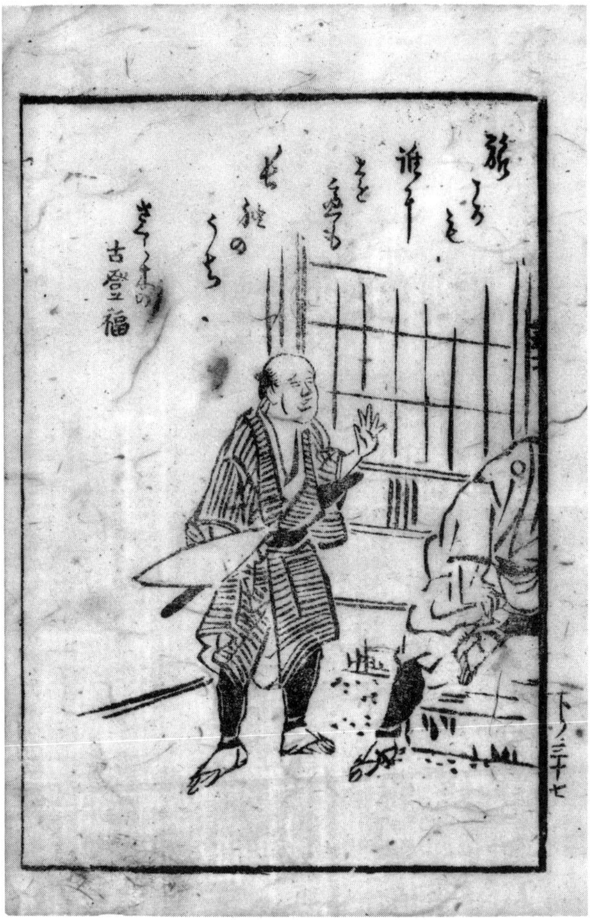

旅ころも
誰に
遠慮も
長袖のうち
さくら木の
古登福

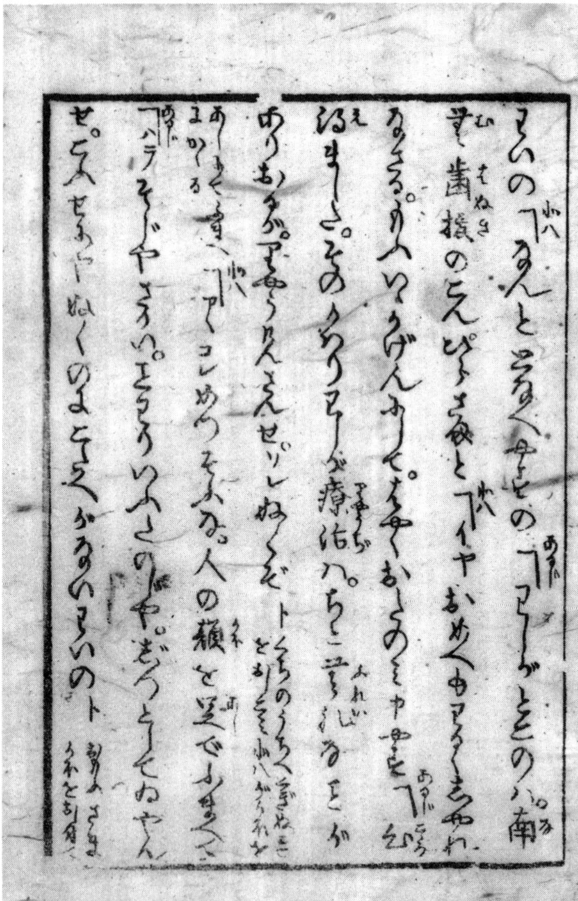

ありおる　ある。する。
ごうぎに　ここでは大いに。
りやうけん　了見。堪忍。
めつそうな　滅相。とんでもない。

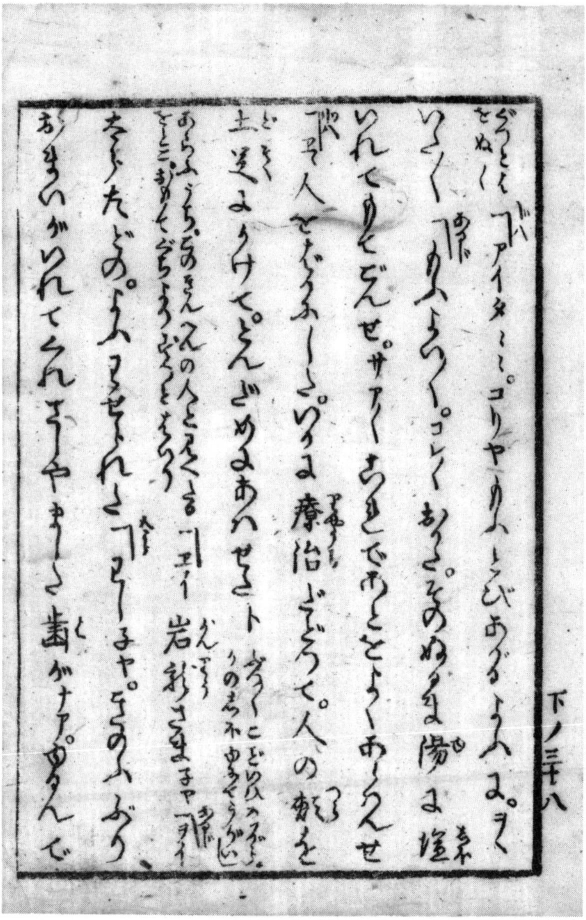

だどつて　だとして。だといって。

きのふぶり　昨日。

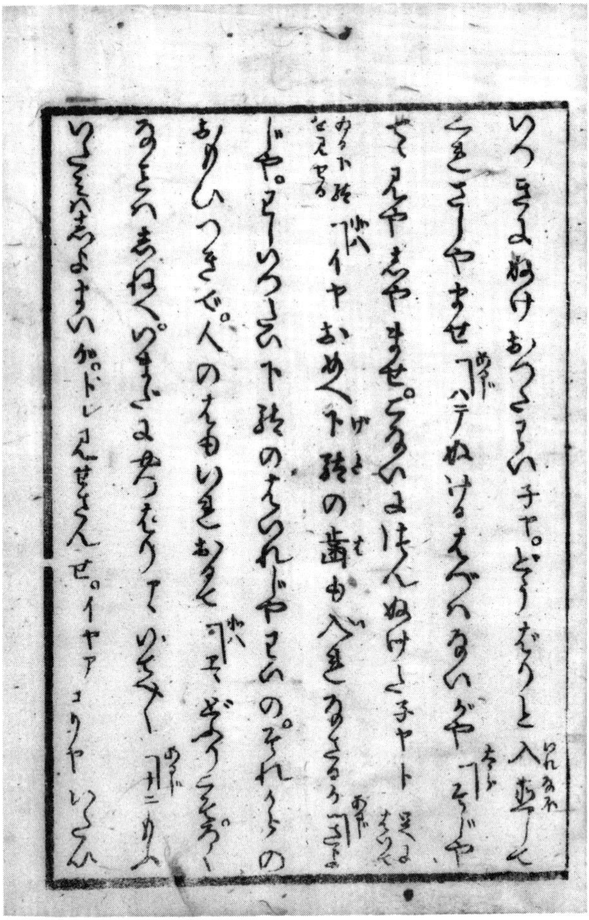

どうばりと　何とかして。
いつさい　ここではもともと。

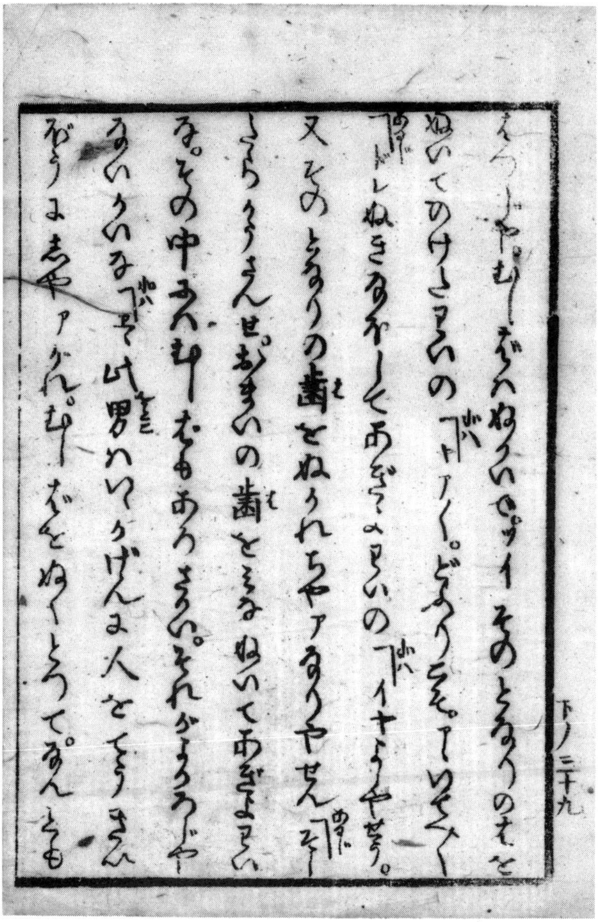

ぬかいで　抜かないで。

てうさいぼう　嘲斎坊主。ここではまぬけ。

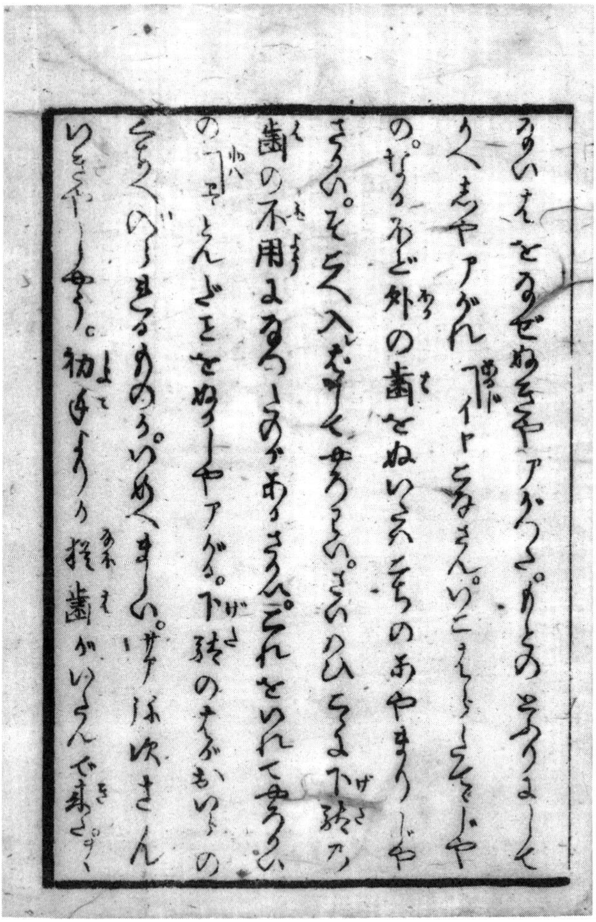

初手　最初。はじめ。

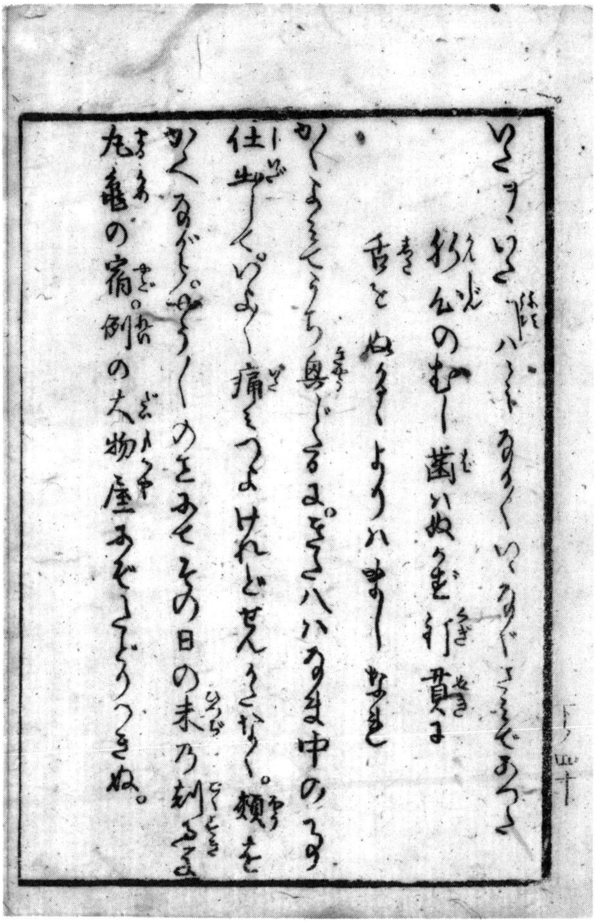

[illegible]
[illegible]のむし歯ハぬかず[illegible]
[illegible]をぬきしよりハましなりし[illegible]
かくよくくらち奥じるまでにハなま中の[illegible]
仕出しくびよし痛さつよけれどせんかたなく。頬を
[illegible]その日の未乃刻[illegible]
丸亀の宿。例の大物屋にぞとまりつきぬ。

なま中　中途半端な。
未の刻　午後二時ころ。

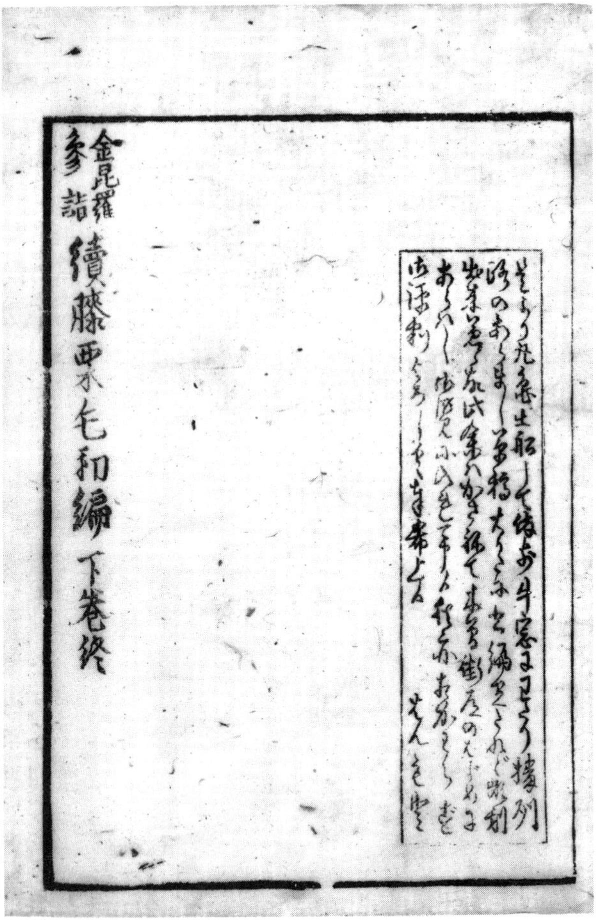
金毘羅参詣
續膝栗毛初編 下巻終

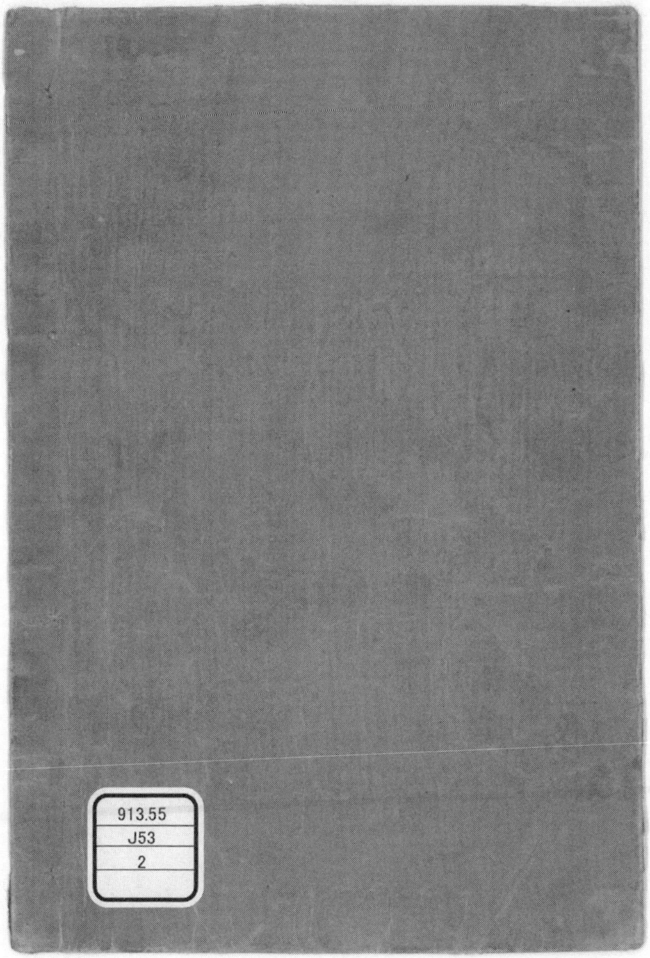

下巻　裏表紙

おわりに

『東海道中膝栗毛』の続編として金比羅参詣をする出版があることは、以前から知っていた。本文については、江戸文化や江戸文学に強い関心をもっていた柳田国男や幸田露伴、また帝国文庫などの、活字を通して読むことができた。「四国新聞」でも本文を連載し、近年ではコンピューターのブログや電子書籍でも、その全文を見ることができる。当時、同じ教室であった土屋信一教授から「香川大学に金比羅参詣がないのはおかしいね」といわれ当該の和本を購入したのが今回この本になった。そして創設したばかりの大学院での演習のテキストとして、翻字と解釈を院生と分担しながら隔年で五回ほど学習をしたのが、「続膝栗毛」研究の始まりとなる。

その後、学部学生の卒業論文に研究資料として取りあげる者もあり、研究のテーマとして継続して読解を進めてきた中間発表が、本書となった。語釈を始め不十分な点がまだ多く残されているのだが、一九研究あるいは『続膝栗毛』研究の一歩としてご参考までに供することになれば、これ幸いと版に刻する次第。まずは、ご一笑までに。

〈複製・翻刻・参考文献〉

中村正明「続膝栗毛（一）」『日本文芸集成（一）』第二一巻　ゆまに書房　二〇一〇
三田村鳶魚「東海道中膝栗毛・木曽道中膝栗毛（全）」『帝国文庫』博文館　昭和二年九月
柳田国男校訂「日本紀行文集成」第二巻　日本図書センター　昭和五四年一〇月
幸田露伴「日本文芸叢書」第十巻　東亜書房　明治四四年一月
守屋　毅「金比羅参詣」（山本　大・岩井宏実編『江戸時代図誌21　南海道』所載）筑摩書房　昭和五一年
柴田昭二・片山真記子「続膝栗毛の讃州者の言葉」（『香川大学　国文研究』第一六号）一九九一
柴田昭二・連　仲友「金毘羅参詣　続膝栗毛の著作法について」（『香川大学　国文研究』第四六号）二〇二〇
京都大学国語学国文学研究室編『諸国方言物類称呼』昭和四八年一〇月
中野三敏「古文書入門　くずし字で「東海道中膝栗毛」を楽しむ」角川学芸出版　平成二四年三月

〈編者紹介〉

柴田昭二

千葉県、東京都にて言語形成。東京教育大学（現　筑波大学）卒業。同大学院修士課程修了。香川大学教授を経て、現在、香川大学名誉教授。著書に「さぬきのことば」（共著　美巧社）など。方言学・日本語史専攻。

連　仲友

中国北京市生まれ、北京外国語大学卒業。香川大学大学院修士課程、徳島文理大学大学院博士後期課程修了。博士（文学）。香川大学外国人研究者、徳島文理大学外国人研究員を経て、広島市立大学客員研究員。日本語史専攻。

金毘羅参詣 続膝栗毛（複製）

2021年6月6日　初版発行

定価　2,970円（本体2,700円＋税10％）

編　者　柴田昭二・連仲友

発行人　池上　晴英

発行所　㈱美巧社

〒760-0063
香川県高松市多賀町1丁目8-10
電話　(087)833-5811

ISBN 978-4-86387-148-9 C1091

乱丁・落丁本はお取り替え致します。